Q

Carlo Emilio Gadda

List und Tücke

Erzählungen

Aus dem Italienischen von
Toni Kienlechner

Verlag Klaus Wagenbach Berlin

Quartheft 134

Verlag Klaus Wagenbach Ahornstraße 4 1000 Berlin 30
Lektorat: Thomas Schmid
Der Umschlag verwendet das Bild
Mann, der eine Trambahn verläßt (Ausschnitt) von Achille Funi
Satz und Druck Poeschel & Schulz-Schomburgk, Eschwege
Gesetzt aus der Korpus Janson Antiqua
Bindung Druckerei Wagner, Nördlingen

ISBN 3 8031 0134 4

Inhalt

List und Tücke

Papa und Mama

Beim jungen Velaschi zeigte sich früh eine Vorliebe für die trefflichsten Erfindungen der Mechanik und dann erfaßte ihn der diesbezügliche Hang ganz und gar. Er dachte sich von selbst kleine Nützlichkeiten und Klingelanlagen aus und reparierte gewisse Geräte oder Schlösser oder alte Uhren im Haus, wenn man nach Monaten zurückkehrte und – ganz verblüfft – sah, daß diese ihr Tick-tack eingestellt hatten. Das Fahrrad, das Motorrad und später das Auto, das waren die Grammatik, die Rhetorik, die Philosophie, durch deren Beihilfe er seinen Scharfsinn entwickelte: und die Kraft, den fürchterlichsten Sturzwellen standzuhalten. Als Zimmermann und Mechaniker mit hornigen und öligen Händen (und nicht um des Lohnes willen) richtete er auch Sessel, »künstlerische« Rahmen für die Portraits der Großeltern und Onkels, ein Gerät zur Eisherstellung, ein kleines Maschinchen zum Abschmiergeln und Schleifen, mit Fußantrieb, ein komplettes Gerät zur Filmvorführung, das mit dem Motor der Pumpe aus der Villa betrieben wurde: überdies beherrschte er mit überlegener Sicherheit die Klingelanlage, das Licht, das Telephon, den Lastenaufzug, den Badeofen: und sogar die Zentralheizung.

Die alten, schwer strapazierten und aus der Mode gekommenen Motorräder erweckten in ihm jene Zärtlichkeit, bei der man, ohne dessen gewahr zu werden, Speichel schluckt – eine Zärtlichkeit, wie sie beim gewitzten und geduldigen Liebhaber ein Petrarca des Manuzio oder des Giolito auslösen könnte, der plötzlich, zwischen den Reihen eines Nick Carter, auf dem Sockel einer vergessenen Kirche entdeckt werden würde, wäre eine solche Entdeckung heute überhaupt noch denkbar.

Wenn er auf schwer ächzende Zylinder, auf zuschandengefahrene Reifen stieß, ersann er Woronoff'sche Reparaturen von Kolben und Vergasern, ersann die blitzhafte Wiedererweckung müder Bremsen, transzendente Vulkanisierungen von Schläuchen, Synthesen und Kombinationen zur Vereinigung von drei Maschinen zu einer, im gegenseitigen Einsatz der verschiedenen Leidenszustände.
Das Kramen in einem gehobelten, dreckigen Holzkasten mit Fächern, die gebrauchte Schrauben und Muttern enthielten, ölige Reißzwecken, Rasierklingen, Kerzenstummel, stumpfe Nägel für Bergschuhe, vermischt mit Strängen von Kupferdraht, Stücke alten und rissigen Bindfadens, ein paar Perlmuttknöpfe, Zündholzschmiergelpapier, Hühnerfedern, gespalten, zum Einölen, und ein paar abgenutzte Zahnbürsten, im Alter zum Putzen von Kerzen und Magneten bestimmt – das geduldige Kramen in solchem Repertoire bescherte ihm flüchtige Stunden von jener Seelenruhe und jener Selbstvergessenheit, wie sie der junge Poet empfindet, wenn er in den alten Poeten blättert und herumtastet in ihren jungen, kostbaren Worten, im lebendigen und frischen Tau, den ihre Nacht vor seiner wundervollen Morgenröte niederlegt.
Derzeit begann man, in halben Sätzen, verächtlich zu murren über die ängstlichen Leute, bezüglich dieser öffentlichen Gefahr: und in ganzen Sätzen ausführlich zu proklamieren, daß das Leben ein Kampf und als solches aufzufassen und demnach eben einfach hinzunehmen sei.
Und andere spürten, wie die Pferde vor einem Erdbeben, schon in den Knochen, daß die Kartoffeln teurer werden würden und, allem Ungemütlichen abgeneigt, brummelten sie im Lehnstuhl, der urplötzlich wie ein Sack voller Nägel war. Schon sahen wieder andere, daß die Geschäfte schiefgehen müßten, die Kuh einen Herzfehler kriegen, der alte, renommierte Laden ohne Kundschaft dahinschmachten würde. Die Bankiers investierten ihr Geld in gewisse mechanische Werkstätten, von denen sie nie gedacht hätten, daß sie sich damit abgeben müßten. Die Politiker, die immer bereit sind, irgendeinen ange-

berischen Quatsch zu verzapfen, ließen sich eine so schöne und so seltene Gelegenheit nicht entgehen.
Die alten Garibaldiner, die sich nach den Aspromonte- und Mentana-Schlachten ihrer Vermehrung in mathematischer Progression gewidmet hatten, übermittelten den jungen Garibaldinern den anti-josephinischen Bazillus, und diese lernten von den Mentana-Invaliden, wie sehr man ... Frankreich zugetan sein müsse. Dem Vaterland, wie man später sehr genau erfuhr, des Herrn George Clemenceau.
Wieder andere wurden von Nierenkoliken erfaßt, andere von der Gicht. Und wieder andere schrieen, daß auch sie auf die, die's verdienten, mit dem Gewehr schießen würden, wenn sie auch schon geschlagene fünfzig Jahre alt seien. Und hätte sie nicht ihre jeweilige Gertrude, den Teppichklopfer in der Hand, am Hosenboden festgehalten, wären sie weiß Gott imstande gewesen, zu marschieren ... bis zum ersten Etappenkommando.

Der Ex-Kardinal Giuseppe Sarto war vor einigen Monaten gestorben, tief betrübt. Monsignor Gerlach* erfreute sich hingegen bester Gesundheit: die Luft der leoninischen Stadt schien ihm sehr günstig für sein Rheuma.
Auf der Eisenbahnlinie der Po-Ebene fuhren Waggons um Waggons mit rotem Querstreifen: worauf man im trüben Licht der Bahnübergänge lesen konnte: »Ballistit«, »Ballistit«, »Ballistit«, und sie verschwanden jenseits der Signallichter, rollten in die Nacht.
Die Diplomatenkoffer funktionierten, nachdem sie die Strecke der Po-Ebene gekreuzt hatten, weiterhin mit rühmenswerter Regelmäßigkeit. Und aus den dunklen Windungen des Gotthards zischte die schwarze zischende Schlange des Zuges. Er war vollbesetzt mit »Geschäftsleuten«, deutschen Priestern und anderen au dessus de la mêlée, mit großen Ledermappen.
Die Prophezeiungen waren grünlich gefärbt für die erschöpften Völker und lächelten hingegen gunstvoll dem

* Der später in Abwesenheit zum Tode verurteilte Spion der Deutschen.

Gottgefälligen, dem Kaiser und König; der einen berühmten Schnurrbart trug, eine Nibelungengarderobe und einen kurzen Arm aus Mürbeteig. Und, wie alle Großen des Jahrhunderts, war auch er ein Prophet.
Den Studenten ihrerseits war jede Lust zum Studieren verflogen; aber nicht allen, es gab auch ernsthafte junge Leute, die nie einen Tag, nie eine Prüfung verabsäumten. Zu dieser löblichen Kategorie ernster Jünglinge gehörte gewiß nicht jener A., der alle seine Tage vertrödelte und alle seine Prüfungen verpaßte.
Die verschiedenen Mitglieder der Familie Velaschi, Eltern, Brüder, Schwestern, schritten zu keinerlei Programmgestaltung, hielten keinen Familienrat ab, erkundigten sich nicht bei einflußreichen Persönlichkeiten, auf daß sie irgend ein Horoskop hätten entziffern können, und wechselten nicht einmal untereinander ein Wörtchen über die künftigen Dinge Europas. Sie unterhielten und begrüßten sich weiterhin wie immer: »Ciao, Papa!«: »Ciao, Mama!«: »Teresa, heute eß ich auswärts; an meiner Hose, da muß man die Schlaufe wieder annähen!«: »Sag's der Giovanna.« Stillschweigend aber waren sie gleicher Ansicht, instinktiv auch übereinstimmend im Verhalten: einfach so! ganz natürlich, ohne Beschlüsse zu fassen, ohne Absicht, überzeugt, daß man eben dies und das machen müsse, das einzig Logische und Mögliche.
Sie begannen also über den Kaiser schlecht zu reden, sehr schlecht; aber es gab doch zwei Kaiser; na, dann sowohl über den einen wie den andern. Sie leugneten nicht, schwer provoziert worden zu sein. Der Ton der ersten Ausdrücke war pittoresk-volkstümlich: »dieses Schwein« oder »dieser Kerl«. Der Ton der nächsten war logisch-kritisch: »Serbien, Frankreich, Rußland; die Einkreisungspolitik.«
Das übliche Bindewort, das den harschen Übergang von Heiß auf Kalt anzeigte, hieß »aber«.
Ein gutes »aber«, wenn es richtig eingesetzt ist in unserm Diskurs, kann unseren Zuhörern ein wichtiges Signal bedeuten: das Lackmuspapier färbt sich nicht mehr rasch vom Rosa zum Lila. Tatsächlich brauchten die Gesprächs-

partner nicht lang, um zu kapieren, woher der Wind wehte. Auf diese Weise führten die Velaschi – sobald die Vaterlandsliebe gesichert war (und den Kaiser ein Schwein zu nennen und auch gleich noch einen Schuft, ist das vielleicht keine Vaterlandsliebe?), in die weitläufige und triumphale Fuge ihrer Schachtelsentenzen neue und fruchtbare Themata ein über die Pflicht und die Zuträglichkeit einer absoluten Neutralität.
Aber die unerschöpflichen dialektischen Verästelungen ihrer hauptsächlichen Gesichtspunkte hatten keine Macht, die beschworene Katastrophe aufzuhalten. Der Wirbelsturm oder auch Hurrikan war schon fix und fertig, stand schon vor der Tür: und wirbelte schon im Sand, im Laub, auf der Tenne und überm Misthaufen.
In solch bedrängter Lage gibt es sogar Leute, die sich, wie die Narren, die allertiefste Frage vorlegen: »Wie wird mein Verderben sein? Wie kann ich den Meinigen helfen?«
Paolo Velaschi war achtzehn Jahre alt, obgleich eine Frühreife ihm alle Fibern mit der Fülle und Kraft von zwanzig überhäufte. In zwei Jahren, vielleicht schon in einem Jahr, oder früher, mußte er einrücken. Seine Mutter dachte in jenen Tagen mit fürchterlichem Herzklopfen, wieviel klüger es gewesen wäre, hätte sie ihn ein wenig hinkend zur Welt gebracht, oder wenigstens mit Plattfüßen.
Aber er war ihr nun einmal so gut geraten.
Kaum war er draußen, schrie er wie ein Geier; wie alle Geier.
Und er war nun groß, mager, ungemein kräftig; mit Fesseln, die nur aus Sehnen bestanden, Beinen, an denen sich die Sehnen des Korbträgers oder des Diskuswerfers abzeichneten; mit einem weiten Brustkorb, fast in der bebenden Linie des Adam, wie er aus dem Schatten und den düstern Mysterien der Sixtinischen Kapelle ersteht; wo bei jeder Umdrehung, bei jeder Entspannung der wissende Polyp einer unerbittlichen Muskulatur über die ausgeweiteten Rippen greift. Der, ausgehend von einem geheimen Zentrum in ihm, vom Nacken oder vom Rückgrat,

sogleich seine Fangarme aussandte, bei jeder raschen Bewegung im Turnsaal oder im Schwimmbad.
Im Gesicht war er mager, die Knochen hart und blank, die Lippen geschwellt: eine Flamme von Haar über der Stirn. Er schaute festen Blickes die Leute an, ausgenommen die männlichen Geschlechts, um die er sich nicht scherte, nicht einen Deut.
Er hatte viele Gefährten, keinen Freund: und er war freundlich und munter mit ihnen, fast herzlich; mit raschen und rauhen Bemerkungen unterbrach er ihre Erzählungen und delikaten Geschichten, bei denen man schon von Anfang an wußte, worauf sie hinausliefen: »So ein Hundsfott! – So ein Esel! – So ein Lump! – So ein Schwein!« lauteten dann, unterm heiteren Gelächter aller, seine Erwiderungen. Bis zu jenen Tagen des Jahres 1915 hatte ihn die Mechanik ergriffen und gebannt, hatte ihm alle Dornen und Disteln erspart, mit denen der düstere Kalvarienberg so mancher katastrophalen Jugendjahre bepflanzt ist.
Höchstens daß manch eine etwas romantische oder fogazzarohafte Signorina, die zum Abendrotanseufzen neigte, oder zu Schönschreibübungen à la Pascoli und Chiesa di Polenta im gebundenen Album mit Goldschnitt, oder höchstens manch eine übergesunde, nach Rosmarin und Zwiebeln duftende Dienstmagd gelegentlich zwischen Flur und Treppe ein etwas forderndes Madrigal von seiner Seite auszuprobieren hatte: während von den Sälen her die Stimmen aller andern zu hören waren, »die grad nicht dran dachten«; oder an einem schwierigen Übergang im Gebirge, wo sie zufällig »ein wenig hintengeblieben« waren, auf dem Rückweg von einem Ausflug in der Valsassina, geschmückt mit müden Alpenveilchen und leicht zusammengeschnurrten, manzonihaften Erinnerungen.
Und an den Felswänden der Canzo-Hörner, beim Abstieg, der weiße Schimmer der Unterhöschen. Von unten nach oben, während er der Schönen eine Hand bot, da, der zarte Lattich von 1915, das Gummiband: und ein köstlicher Streifen eines köstlichen Stoffes, der nicht mehr

Leinwand war und noch nicht Strumpf. Aber er schlief hernach in aller Ruhe, ohne Unannehmlichkeiten.
In den Morgenstunden des Frühlings gab's eisiges Duschen, um recht munter zu werden, sagte er, zum Lernen. Aber da er an das Duschen gleich sechs Semmeln und einen Milchkaffee mit Ei anhängte, kann man sich vorstellen, was dabei herauskam: daß er nämlich bebend in die Sonne hinaustrat und auf dem Motorrad wie verrückt losraste, wie ein Teufel, den die Nacht auf der Erde vergessen hat und der sich nun wie blöd dazu verteufelte, seine verteufelte Kohorte, die schon im Abgrund verschwunden war, einzuholen. Zitternd verfluchten ihn die alten Dienstmägde mit den hochgefüllten Kohl- und Broccoli-Körben noch immer, wenn er schon in einer Wolke teuflischen Rauchs in der Ferne verschwunden war. »In hoc signo« war er allen im Viertel bekannt.
Im Mai 1915 war Paolo Velaschi also achtzehn Jahre alt, die ihrer zwanzig gleichkamen: und so würde also demnächst der Tag kommen, an dem auch er einrücken mußte.
Seine Mutter, Gräfin Teresa Velaschi, geborene Gräfin Stanga, lebte nur noch in Angst und Schrecken und verflackerndem Hoffen: und betete sehr viel, bei jeder Gelegenheit; und gab auch insgeheim Almosen, auf daß der Himmel ihrem Geschöpf beistehe und auf daß die Gebenedeite Jungfrau ihr eingäbe, an welchem Zipfel sie zufassen sollte in der Stunde der Gefahr und (wie sie sich ausdrückte) des Opfergangs.
Dieser Sohn war unter allen anderen ihr höchster Stolz, er war ihr Ältester, der Gesündeste, der Gescheiteste, der Schönste, er war die strahlende Fortsetzung ihrer selbst auf dieser Welt. Wir können nicht direkt dafür einstehen, daß es die Eingebung der Jungfrau Maria war, aber im Schlaf, nach einer noch rastloseren Nacht als es die andern gewesen, blitzte ihr ein tröstlicher Gedanke auf, um die goldene und schimmernde Stunde der Morgenröte, da die Seele in ihren Visionen fast göttlich ist. Diese plötzliche Erleuchtung durchstrahlte ihr ganz und gar die Seele und weckte sie mit süßen Tränen, und dann gewann

das plötzliche Licht unverzüglich feste Form in Worten: »Die Passion für die Mechanik!«
Zuerst quasi im Lechzen nach dem Unmöglichen, dann im selig ermüdeten Vorgefühl der Freude, spielte in ihr der Kontrapunkt dieses Themas: schließlich im frohen Austragen der Gewißheit.
Und das Herz klopfte, klopfte, nach den Ängsten des unruhigen Schlafs. »Ja, ja, es stimmt, mein Gott! es stimmt. Mein Paolo hat immer so eine ›Passion‹ für die Mechanik gehabt!«
Bald darauf schlummerte sie wieder ein: und schnarchte etwa eine halbe Stunde lang. In vollem Glanz hatte sich mittlerweile die Sonne in den warmen Vormittag erhoben. In der säuberlichen Küche standen glänzende Nikkeltöpfe, eine schneeweiße Marmorplatte auf dem großen Tisch, auf dem kleinen ein schönes Wachstuch, Schweizer Fabrikat: auf einem Teller Speisereste von gestern, über dem eine dicke, grüne Fliege in weiten, lärmigen Schlaufen herumsurrte, wie ein Flugzeug über einer Ledergerberei.
Die Maisonne, hinter den verschlossenen Fensterscheiben, verwandelte die fleckenlose Küche in ein Treibhaus.
Halt, die Gräfin Teresa öffnete energisch das Fenster und vertrieb den grün-goldenen Brummer; aber es erschienen zwei weitere, mit verdoppelter Musik. Sie stellte also den Teller mit den Resten wieder ab und erteilte der Köchin, die mit den Einkäufen zurückkehrte, und gleich darauf auch der Giovanna angemessene und höchst vernunftvolle Weisungen.
Indem sie sich auf die Zehenspitzen hob, inspizierte sie nacheinander vier emaillierte Dosen, die auf dem Sims aufgereiht standen, auf deren weißlackiertem Schild auf Deutsch geschrieben stand: »Zucker«, »Kaffee«, »Reis«, »Bohnen«: und dann ging sie. Sie wusch und kämmte sich, zog sich an und verließ das Haus.
Sie erinnerte sich der Mahnung des Pfarrers: in einer lebhaften und gewandten Predigt, mit hin und wieder einem unschuldigen Lapsus: »In Freude und Leid, bei heiterem Himmel oder Wolken« (er, der weder in Pontas-

sieve noch in San Giovanni Valdarno geboren war, hatte »Wölken«* gesagt), »denkt daran, oh geliebte Gemeinde, daß eine Messe mehr niemals schaden kann, vielmehr sehr viel nützen.« Und da gerade dies ein Morgen in Freud und Leid war, ein Leid, das Jahre dauern konnte, so viele Jahre wie das tragische Altern der Überlebenden dauert, eine Freude, die sich in kurzen Minuten, so kurz wie ein flüchtiger Gedanke, in Nichts auflösen konnte, so erkannte die Gräfin Teresa einen doppelten Beweggrund in der Mahnung, in die Messe zu gehen, obwohl gar nicht Sonntag war. Derweil würde sich ihr Gatte fertigrasieren, Giovanna konnte bestens allein für den Milchkaffee sorgen und auch die Hose ausbürsten.
Sie trat in die Kirche und betete inständig, ganz eingehüllt in ihre neue Hoffnung: nur daß eine unvorhergesehene Fanfare von draußen sie ablenkte, in deren Impetus sie, verstört, die Noten des »Addio«** erkannte: nachdem sie die süße Schwermut des eigentlichen Motivs hinter sich hatten, vibrierten die Blasinstrumente schrill in einem aufgeregten Rhythmus, der dem eines im Laufschritt vorübereilenden Battaillons glich.
Und Händeklatschen und wirre Rufe drangen an ihr Ohr. Dieses Motiv, das sie so oft von den Jungens hatte pfeifen hören oder singen und aufs Klavier hämmern, in purem Wohlgefallen ihres Mutterstolzes, erschien ihr jetzt wie die finstere Fanfare eines Leichenzugs im Galopp; Zeichen einer abscheulichen und hundsföttischen Sache, wie ein gefälschter Wechsel, ein gegen die Velaschis ausgeheckter Streich, eine betrügerische Verschwörung.
Dann herrschte wieder Stille im Halbdunkel zwischen den flackernden Kerzen, nur unterbrochen vom rituellen Geklingel, mittels dessen der Meßdiener mit nüchterner Entschlossenheit die Ekstasen des Priesters zu unterbrechen und ihn zu den minderen Pflichten des Amtierens zu mahnen schien, an das Säubern des Meßgeschirrs und das

* Was ein typischer Dialektlapsus der oberen Lombardei wäre.
** *Addio, mia bella, addio!* usw.

vierfache Falten des Tüchleins: wobei er selbst im übrigen, mit jener Ministrantenglocke ständig scheppernd, sich erbaute am Wohlgelingen selbiger Ekstasen; unter allgemeinem Aufatmen und mächtigem Bankgerücke.

Der Gatte der Signora Velaschi war alles andere als ein Dummkopf, obgleich er im Bekanntenkreis als eine Art Prinzgemahl betrachtet wurde, sei es weil »das Haus auf ihren Namen eingeschrieben« war, sei es weil die Gräfin Teresa von den Grafen Stanga abstammte, sei es weil er ein Pionier und mittlerweile ein Veteran des Radfahrsportes war. Man sah ihn oft in müßigen Stunden ganz langsam dahinrollen auf seinem massiven, glanzlosen Fahrrad aus den Zeiten des Carlo Còdega, bei dem die obere Stange des Gestells (die heutzutage waagerecht liegt) leicht gegen den Sitz nach hinten geneigt war: ein Umstand, welcher das Gelächter der sportlichen Jugend und der Laufburschen erregte: »Schaut mal«, schrieen sie und wanden sich vor Lachen, »was für ein Klappergestell von Fahrrad!« Unerschütterlich behauptete er, daß dies die wahre Form des Fahrrades sei, weil ein Fahrrad nämlich so vierzig Jahre hält.
Er, ein beleibter und wohlgestalter Mann, trat langsam, mit einer ihm eigenen Genauigkeit auf die Pedale, als treibe er eine Präzisionsmaschine an, manchmal aber auch müde und schlapp wie ein Gemüsebauer, der nach dem Markt in der Stadt in seinen heimatlichen Vorort zurückkehrt. Was bei Söhnen und Töchtern helles Gelächter auslöste und Zornesbeben bei der Gräfin Teresa, die ihm den Gruß versagte. Er rief ihr drauf jugendlich jovial zu: »Ciao Teresa, komm bald heim!«, vom anderen Ufer der aristokratischen Straße aus, mit seiner vollen und fröhlichen Stimme: überzeugt davon, daß einem alten Sportler und Bergsteiger, einem Pionier des Radsports und der gesunden Lebensart, dieser Ton am angemessensten sei, der natürlichste Ton der Welt.
Er hatte einen Strohhut: mit hängender Krempe infolge der zahlreichen Stürme, die ihm sowohl am Meer wie im Gebirge begegnet waren, und infolge des Herunter-

rollens über steile Hänge durch verrückte Windstöße, während er selber schwitzend dastand, voller bewundernder Vokale wie »ah!« und »oh!«, wegen der Luft, der Frische, wegen des Panoramas, und wenn er den gelben, roten und himmelblauen Mädchen alle Berge »erklärte«, einschließlich den Finsterahorn, welchselbe Mädchen sich den Pullover und die Mähne zurechtzupften und nach drei Minuten alle Namen en bloc wieder vergessen hatten. Einmal, als ein Windstoß ihm den Strohhut geraubt hatte, entging dieser durch ein wahres Wunder dem rechten Vorderhuf eines riesigen Gauls der Firma Gondrand, der, seit drei Stunden auf seinen vier Beinen stehend, sich mit einem langsamen, fast rhythmischen Stampfen die Zeit zu vertreiben suchte. Da aber selbiger riesenhafte Vierbeiner gerade damit fertig war, sich eine gewisse, sehenswerte Erleichterung zu verstatten (obgleich sein schöner Schweif geflochten war wie der Zopf einer Luxuserzieherin), hatte das Strohhütchen sich innen und außen ziemlich durchnäßt, so daß es noch lange tropfte und man es waschen und bleichen mußte und viel Arbeit damit hatte zu Hause: und die Vorwürfe der Gräfin Teresa wollten gar kein Ende nehmen: Bubù lachte derart, daß er schließlich mit Ohrfeigen und ohne Nachspeise ins Bett mußte. »Ich hab's dir doch hundertmal gesagt, du sollst ihn mit einem Schnürchen festbinden! Aber wenn du was nicht willst, bist du ein Dickschädel, ein richtiger Dickschädel! Schau dir das nur mal an!«
(Tatsächlich war die Harnsäure sehr üppig gewesen.)
Da gewöhnte er sich wirklich dran, ihn festzubinden: das Schicksal wollte es so. Und da die Signora ihm eine Schnur dranmachte, die seinen Proportionen und der Robustheit des Fahrrads entsprach, machte alles den Eindruck eines Trolleyseils der gutmütigen Trambahnen, die ganz langsam und gemächlich einherfahren.
Innen sah man, weil er den Hut immer bauchoben auf irgendeinem Stuhl liegen ließ, unschwer das Lederband, ganz verdreckt von altem Schweiß; und die Augen der Anwesenden fielen instinktiv (alle gleichzeitig) auf ein

»London« mit der Krone Englands und steigenden Löwen, die unter einem fettigen Schleier ganz ermattet waren.
Er war ein glühender Wagnerverehrer und guter Klavierspieler, aber er begriff, daß er nicht mehr lange die thematischen Fäden aus dem erhabenen Geflecht des Symphonischen würde herauslösen können, alldieweil ihm eine schmerzliche Taubheit allmählich jene Klänge der Jugend und der Begeisterung einzudicken drohte: wie zu einem trüben Nebel.

Auf den Telephonanruf folgte ein weiterer und dann, am frühen Nachmittag eine Zusammenkunft an geeigneter Stätte; bei welcher man zuerst, und zwar in aller Breite der Ansichten, darüber diskutierte, ob der Alkohol tatsächlich abzuraten sei in Fällen leichter Arteriosklerose oder ob man, hin und wieder, eine Ausnahme von der Regel zulassen könne.
Dann, während der Kellner allmählich nervös mit einem Bein zu wippen begann und seine zuerst zeremoniöse Miene sich zusehends auflöste, bestellten sie zwei Cappuccini. Als die Cappuccini kamen, konnte der Diskurs nicht umhin, auf jenes Thema zu stoßen, auf das zwei Freunde, die sich länger nicht gesehen hatten, in den frühen Nachmittagsstunden des 19. Mai 1915 verfallen mußten: als Italien drum und drauf war, wie kraftvolle Schriftsteller und Baritone sich ausdrücken, »nicht länger zu zaudern«. Dann sprachen sie über ihre Gattinnen, voller Bedauern, daß die Schwester der Gattin Dagnoni an Eierstockentzündung litt und die Gattin »die Konsequenzen zu spüren bekam«; und dann von den Geschäften, von der Industrie, von der Börse, den Wechselkursen, den Kindern anderer Leute. »A propos Kinder«, sagte, als sie beim Thema ankamen, der Doktor Velaschi, »Sie sind glücklich dran, daß Sie die unterwegs haben liegen lassen! Ich wette, daß deswegen Ihre Haare noch so schwarz sind!«
»Ah, zweifellos«, meinte Dagnoni, ein wenig beleidigt wegen der Haare, die schwarz waren, weil er sie färbte,

»wenn man sich Söhne angeschafft hat... dann muß man's in den jetzigen Zeiten beinah bereuen, das war eine schlechte Kapitalanlage, lieber Velaschi! Wäre besser gewesen, alles rauszuschmeißen, rausschmeißen... Auch Sündengeld bringt manchmal Vorteile... Besser rausschmeißen als verlieren...«
Er bereute sogleich die barocken Viechereien, die er da mit so ungehobeltem Zynismus, vom Ärger überwältigt, vor einem armen Vater äußerte: aber der arme Vater schien es sich nicht verdrießen zu lassen: (was die Haare betraf, hatte er tatsächlich die Bemerkung in aller Unschuld gemacht). »Oh, auf das habe ich nicht angespielt!« sagte er rasch; »wenn sie schon in dem brauchbaren Alter wären! Ich gäbe ihnen einen Tritt in den Arsch« (das war der Stil der gesunden Lebensführung und des Tourismus) »und sagte ihnen: los! tu deine Pflicht wie die andern auch! Gut, für die Mama wäre das etwas hart. Aber ich spüre, ich hätte da keine weichen Anwandlungen: dem Vaterland, das muß man schließlich mit vernehmbarer Stimme sagen, verdanken wir alles, nicht? dem Vaterland verdanken wir in gewisser Hinsicht, eben alles...
Nein, nein, deshalb sag ich es nicht, für die meinen ist es noch nicht so weit, dem Himmel sei Dank!« (Dagnoni fand, daß er sich mit dem Dank an den Himmel selber widersprach.) »Und obwohl mir schien*, als wenn man alles etwas überstürzt, bin ich doch überzeugt, daß alles schnell vorbei sein wird, weil die Völker, im Grunde, weil sie im Grunde auch vernünftig sind und schon die Nase voll haben, eh es noch anfängt... Die Oberen sind es, die Kaiser, diese ganzen Generalscliquen um sie herum, der preußische Militarismus, daran liegt's; aber das deutsche Volk, das echte Volk... glauben Sie mir, lieber Dagnoni, das ist ein großes Volk!
Und übrigens vielleicht, vielleicht auch Österreich... auch die müssen sich schließlich überlegen... Ich wette, daß noch Zeit dazu ist. Österreich, das muß man zuge-

* Lombardisch-ital. Konstruktion: »Obgleich es mir vorkommt«.

ben, bedeutet was in Europa; es hat seine Geschichte ... seine Tradition, meinen Sie nicht? es wird sich doch nicht drauf versteifen, wegen ein paar Felsbrocken, alles ins Meer zu schmeißen ...
Zweifellos, hier bei uns wird zuviel rumgeschrieen. Viel zu viel. Das verwirrt. Und das sind nur ein paar verrückte Burschen, die man ohrfeigen müßte ...«
»Na, na!«, unterbrach trockenen Tons der Industrieunternehmer, indem er an gewisse Maschinen dachte, die er grad erst bestellt hatte: und brachte so den Freund auf seinem Rutsch politischer Anschuldigung urplötzlich zum Stillstand.
Velaschi verfiel in Nachdenklichkeit: er dachte ans Gesicht seiner Frau: und kehrte wieder ins Gleis zurück.
»Jetzt bin ich abgeschweift. Ich hab nur so dahergeredet. Ich wollte eigentlich sagen, daß mein Paolo ... Sie kennen ihn doch, nicht wahr, meinen Ältesten? Na gut, man möcht es nicht meinen, aber die Zeit ist gekommen, daß er mir allmählich Kopfzerbrechen bereitet.«
Dagnoni erinnerte sich sehnsüchtig daran, wie auch er 18 war und seiner Ines um Mittag was vorlog, um gegen sechs seiner Marietta was anderes vorlügen zu können.
»Er ist ein ausnehmend gescheiter Junge«, fuhr der Doktor fort, »und das sag ich nicht weil er mein Sohn ist: aber er hat wirklich ein ausnehmend gutes Gedächtnis und gute Auffassungsgabe ... Stellen Sie sich vor: voriges Jahr mußte er im Herbst Mathematiknachprüfung machen ... Man weiß ja, in der Oberstufe studiert man (Sie kennen's ja) schon ganz verzwickte Sachen; aber es lag mehr daran, daß ein Professor es zu genau nahm. Gut: meinen Sie, er hätte während der ganzen Ferien auch nur ein halbes Buch Geometrie aufgemacht?«
Der Doktor Velaschi hatte von den Büchern seiner Söhne nur eine bruchstückhafte Vorstellung, so zerfleddert waren sie. »Nicht im Traum! Dafür hat er sich von morgens bis abends mit Maschinen, Motoren, Motorrädern beschäftigt ... von was anderem will er nichts wissen. Trotzdem, im Oktober ist er bestens durchgekommen ...

Aber jetzt, weiß Gott, was er hat, sagt er, daß er's satt hat: nicht sein ganzes Leben lang über Büchern vermodern mag. Er fühlt den Drang, das hab ich schon kapiert, weil er ein Junge ist, sehen Sie? man muß das verstehen, begreifen ... er fühlt den Drang danach, etwas zu tun ... das ist's: zu handeln, was zuwege zu bringen. Er ist ein Mann ... das ist's.« (Er biß sich auf die Lippen) »... also, obwohl er ein Junge ist ... Auch körperlich: wenn Sie ihn sähen! ah! aber Sie haben ihn ja gesehen! ... aber vor zwei, drei Jahren ... Aber wenn Sie ihn jetzt sähen, was für ein Junge! Und meine Frau, die ist überhaupt ganz weg von ihm. Solche Schultern!« Er dehnte und streckte seine eigenen, um die Schultern des Sohnes vorzustellen.

»Also, er will von der Schule nichts mehr wissen, auch nichts mehr von Professoren. Er meint, daß wir in Italien zuviel lernen, so daß alle verblöden: und er hat auch nicht unrecht: die anderen Völker im Ausland* sind viel praktischer veranlagt, viel tüchtiger ...

Aber meine Frau Gemahlin ist darüber ganz verzweifelt. Man weiß ja, die Mütter! Für die ist ein Stück Papier nach der dritten Oberstufe oder nach dem Polytechnikum das reinste Palmenwunder. Dabei sieht man doch grad jetzt, wofür ein Stück Papier gut ist!« Er lachte jovial, ganz glücklich über die Anspielung, die damals groß in Mode war; obwohl das überhaupt nicht ins Thema paßte.

»Es stimmt, daß einem das Leben vieles beibringt, was nicht in den Büchern steht«, gab Dognani zu, den aber einige seiner Angestellten »Herr Ingenieur« betitelten, und von dem doch auch seine Schwiegermutter sagte: »mein Schwiegersohn, der Herr Ingenieur«, als sie nicht mehr sagen konnte: »mein Schwiegersohn, der Herr Abgeordnete«.

»Und genau das ist es, warum ich Sie herbemüht habe, lieber Freund«, flocht der Doktor Velaschi hurtig ein.

* Ein Ausdruck, der typisch ist für die »gutmütige« Redeweise – und für dieses Ambiente.

»Tut mir leid, daß ich es Ihnen so ›tout court‹ sage, ohne Umschweife, aber darum geht's. Ein Junge braucht eine Zucht, wenn er auch schon wie ein Mann wirkt. Wenn ihn die Schule nicht mehr hält, muß ihm die Arbeit Halt geben.«

Er holte ein wenig Pädagogik hervor, zitierte Dante. »Die Jungens kommen leicht vom rechten Wege ab: je mehr gute Kraft er aus der Erde gezogen hat, desto wilder und bösartiger wird der Baum*. Und wir sind ja wie die Bäume« glaubte er erklären zu müssen.

»Das Schlimme ist, daß unsere Jungens, wenn wir von uns reden, uns nicht glauben wollen...« (und er trällerte das glau–uuben), »sie wollen uns nicht mal zuhören...« (und er trällerte das höören).

Dagnoni stellte fest, daß die Gesprächsführung etwas unsicher war.

»Sie meinen, wir wären uralt, aus der Mode gekommen. Und schließlich sagen sie, wir seien verkalkt. Und dabei... tun wir doch alles nur zu... ihrem Besten!«

Manchmal hatte der Doktor Velaschi, wenn er mit seinem Fahrrad spazierenfuhr, oder im Kreis seiner Bekannten auf dem Land, mit gewisser Gemessenheit von seinen Söhnen als von »meinen jungen Männern« geredet. Aber an jenem Nachmittag des 19. Mai 1915 wollte ihm »meine Jungens« als angebrachter erscheinen.

»Um es kurz zu machen, lieber Dagnoni, ich wollte Sie bitten, aber immer vorausgesetzt, daß es Ihnen möglich ist, zu überlegen, ob nicht zufällig in Ihrem Betrieb ein Plätzchen zu finden wäre für meinen Paolo... nur eben, um ein wenig Übung zu kriegen, damit er irgendwas anfängt«: und er legte ihm eine joviale Hand auf die Schulter.

»Ich weiß, daß Sie sich vergrößern, nicht?... Sie haben da doch einen Betrieb, der gut läuft, nicht wahr?«

»Oh, reden Sie nicht davon! Um Gotteswillen! Man

* *Doch um so bösartiger und wilder wird der Boden, mit schlechtem Samen und ungepflegt, je mehr er der Erde an guter Kraft entzogen hat.*

macht nur weiter, um die Leute nicht auf die Straße zu setzen . . .«
Es gab eine Stockung, die Velaschi, vorsichtig wie ein erfahrener Tourist beim überqueren einer wackligen Brücke, umging. »Aber es wäre mir lieb, direkt in der Fabrik, nicht im Büro. Denn die praktische Erfahrung kriegt man nur dort. Er selber, übrigens, möchte sich am Werktisch bewähren, als richtiggehender Arbeiter, von der Pieke auf; und das freut mich im Grunde; weil es beweist, daß es ihm ernst ist. Er möchte tatsächlich die Ärmel hochkrempeln. Weil er von den Büchern genug hat, er kann einfach nicht mehr. Er sagt, daß er sein Leben lang keinen Stift mehr in die Hand nehmen wird.
Dann nimm den Hammer, sage ich, meinen Sie nicht? Irgendwas muß man ja tun, auf dieser Welt! Wenn dir der Stift nicht paßt, wird dir der Amboß recht sein; oder die Drehbank.«
Und diese Drehbank erschien dem Dagnoni der Nabelwirbel, in den der ganze ziellose und doch gezielte Diskurs hineinschoß: der Konvergenzpunkt eines logischen Systems, das formal falsch, aber in der Substanz mit dem Zellkorn von Wirklichkeit und Leben versehen ist: vor allem mit Leben: in dessen Wirken (langsam keimend aus Gedanken und aus der Zeit), in dessen Wehen und Ängsten ein tiefer Pulsschlag pocht: und darin strömt stürmisch das reiche Blut: das man so nicht hinwerfen kann wegen drei Verrücktgewordener, das man hingegen sicher und freudig und fruchtbar zu übergeben hat, einem Morgen.
Die »Industrie« ist eine großartige Schule, wie auch die Landwirtschaft, wie der Handel, wie die Kirche, wie das Leben überhaupt; und sie zeigen dem Bauern und dem Abgeordneten, wann es gilt, zu schweigen und über die labilen Schemata des offiziellen äußeren Scheins hinwegzugehen. Man weiß ja, daß man Rübe sagt und Kartoffel meint.
Dagnoni wollte nichts Weiteres wissen, fragte nicht einmal, wieso sie, kurz vor dem Schulabgang alles stehen- und liegenlassen wollten, Bücher, Gymnasium, Schulgel-

der, Tintenfässer, Professoren und Prüfungen. Er brauchte nicht zu fragen.
Ein Trupp Alpini zog draußen vorbei, gedrungene, gesunde, schwere Burschen, unter Beifallklatschen: »Hoch die Alpini! Hoch das Fünfte Bataillon! Hoch das Edolo! Hoch das Morbegno!«, schrieen die Leute.
In Mailand zurückgelassen, waren sie eigentlich die Kameraden jener, die daran waren, den Scorluzzo und den Ercavallo zu erklimmen, und jener anderen vom Castellaccio und vom Forcella di Montozza, vom Lago d'Avio und vom Monte Sperone. Andere wiederum vom Val D'Avio, in Kompaniestärke und manchmal nur ein Zug, bereiteten sich auf die eisigen Nachtwachen des Mandrone und des Pian di Neve im Angesicht der Riesenwände des Adamello vor, noch andere an den Brinzio- und Garibaldipässen. Leute aus dem Camuntal und dem Valtellin und den Tälern über den Seen, von Dongo und von San Fedele D'Intelvi a Vestone gehörten zu den Alpini vom Fünften.
Aber Doktor Velaschi wollte den Dingen ganz auf den Grund gehen; zum offiziellen Diskurs fehlte noch der offizielle Abschluß.
»Er, jawohl, er hat immer eine große Passion für die Mechanik gehabt; und deshalb hat meine Gemahlin, die ganz in ihn verschossen ist, sich gewünscht, daß er Ingenieur wird. Aber ich möchte lieber drauf verzichten. Man muß praktisch denken, realistisch. Besser ein guter technischer Vorarbeiter oder ein erfahrener Industrieunternehmer, der sich aus der Werkstatt und mit eigener Ellenbogenarbeit raufwerkelt, als ein Ingenieur, der überm Bruchrechnen* verkalkt ist.«
Da Dagnoni noch in der gleichen Nacht mit dem »Sarzanino«** nach Rom entfleuchen sollte, erreichte den Notar noch vor dem Abend ein höchst liebenswürdiger Telephonanruf, von dem ihm, trotz der Taubheit, keine Silbe entging: »Schicken Sie ... schicken Sie also Ihren Paolo

* Altmodische Bezeichnung für Integralrechnung.
** So bezeichnete man in Mailand den Nachtzug nach Rom über Sarzano.

... morgen früh, ja ... nein, ich nicht, aber da ist der Cavalier Ferranti, das ist das gleiche ... Als Gehilfe für den Dreher, ja, ja ...
Gewiß doch, Strenge und Disziplin ... Gewiß, gewiß ... Hier muß er parieren ... eine Bevorzugung wäre gar nicht möglich ... Meine Empfehlungen an die Frau Gemahlin ... an Gräfin Teresa ... Aber bitte sehr, gern geschehen!«

Und der Telephonhörer machte auf der Gabel ein »Klack« voller Präzision. Wenn man es richtig betätigt, ist das Telephon eine gefügige und perfekte Maschine*.

So durfte Paolo in aller Ruhe die kuriale Trockenheit, die kaiserliche Lebhaftigkeit Cäsars vergessen, der direkt oder indirekt** ihm acht Jahre seines Lebens vergällt hatte. Es schwanden die schlangenhaften Knäuel der »oratio obliqua«, es schwanden die Märsche, die Schlachten, das Blut, die kaiserlichen Ansprachen, das Lob der Zehnten Legion, die heroische Bekehrung: »Quod si praeterae nemo sequatur, tamen se cum sola decima legione iturum, de qua non dubitaret, sibique eam praetoriam cohortem futuram.«

Und in der frohlockenden Kraft seiner Mannbarkeit vergaß er unverzüglich die Buchstabenrätsel des Neper, des Carnot und des Briggs und die bombastischen Seiltänzereien eines gewissen Hippokrates, der, nachdem er gewisse Lunula ausgeklügelt hatte, behauptete (wie man noch immer behauptet), daß diese der Fläche des rechtwinkligen Dreiecks, aus dem sie entsprangen, gleich seien.

Den Sohn der Portiersfrau Dirce Raspagnotti, der Kellner in der Kaffeebar gewesen war, sah man hingegen ein Jahr später als Offiziersanwärter, und er vergaß nichts von allem, was er als Knäblein gelernt hatte. Er war immer noch ganz sicher, daß man Ventimiglia mit

* Die Anspielung bezieht sich auf die schlechten Telephonverbindungen in den Jahren 1914-15. Der Telephonautomat war noch nicht eingeführt.

** Die »indirekte« Rede Cäsars wird beim Studium der lateinischen Syntax als beispielhaft hingestellt.

einem g vor dem l schreibt, nicht aber beim Wort Italia, wie man behauptet. Er sprach mit erhobener Stimme von seinen »Kollegen« (einem sizilianischen Frisör und einem vermailänderisierten Venetier, ehemals Hausierer, mit Fez, in türkischen Teppichen aus Monza.

Er besaß ein Mädchen, ein Maskottchen, einen Roman von Spartaco Pedrazzi; zwei Zigarettenetuis: und viele Anhängerchen und Kettchen.

Am Tag nach dem Zwiegespräch Dagnoni-Doktor Velaschi, also am 20. Mai 1915, sah der Pfarrer, Don Celeste Carugoni, beim Glockenschlag halb zwölf, keinen Hinderungsgrund, um der inständigen Bitte, die Gräfin Teresa an ihn richtete, Gehör zu schenken: er möge doch hundert Lire für die Abhaltung einer Novene am Altar des Heiligen Franziskus in Empfang nehmen; weitere hundert für die Armen der Pfarrei. Er möge überdies an der Seite des Altars desselbigen Franziskus ein zartes Zeichen ihrer Dankbarkeit und Ergebenheit anbringen: »Für erhörtes Bittgebet.«

Es handelte sich um ein »gebauchtes« Silberherz, das Gräfin Teresa aus einer flachen, gefütterten, weißen Kartonschachtel hervorholte: und das sogleich unter den Augen des braven Pfarrers stolze Ausmaße annahm. Ringsum ließ eine wundervolle Rüsche aus weißem Silber Gedanken an Damenbeinkleider der viktorianischen Epoche auftauchen: und die Buchstaben T.V.-F.e.B. in Gold eingraviert (und darüber eine Krone mit neun Bällchen), erinnerten an eine fürstliche Bonbonnière, oder auch eine gräfliche. Der erfahrene Pfarrer vermeinte, daß auf die »Erhörte Bitte« der Gräfin demnächst die ersehnten Hochzeitskonfetti der Tochter Luisa und eines sehr eleganten Jünglings, einem Freund der Jungens, den er oft bei den Velaschi's reingehen sah, folgen müßten.

Aber die Augen eines Pfarrers, so weitblickend sie auch sein mögen, sind etwas gänzlich anderes als »Das Mutterherz«.

Wohlbedachte Paarungen

Die Heirat des Giuseppe Venarvaghi und der Adelaide Carpioni, Witwe des Cesare Golliati und Mutter des Luciano Golliati, war arrangiert und in mehr als einem Sinne gewollt, ja auferlegt worden, mittels geduldigem Zwang und unbezähmbarer, liebevoller Erpressung von Seiten eines schwerreichen Großonkels des Giuseppe, welchselber, ausgehend von einem gewissen gewinnreichen Klöppelpult, sogar ein Muster ausgeheckt hatte, um seinen Webstuhl zu adeln und sein Wappenschild mit dem Zunamen »von Saltacavallo« zu bekräftigen: alles im Hinblick auf eine Vermögensabsicherung des schmächtigen Stammbaums und zu heraldischer Verfestigung der rechtskräftigen, wenn auch nicht großartigen Wappenviertel des Großneffen. Das Bestreben, die »Substanz« zu retten vor jeder zu befürchtenden Zersplitterung oder vorzeitlichem Abbröckeln war in ihm, wie auch in anderen bejahrten Webermeistern, die – wenn auch begütert – bar jeder Nachkommenschaft sind, nicht geringer als der eifrige Drang, sich einen Stammhalter zu verschaffen, von dem dann die »Abstammung« ausgeht: in diesem Fall mit einem »aus der Seitenlinie entsprungenem Sohn«, und möglichst zu Pferde: um somit im geldbestückten Ruhegefühl als Webmeister oder Stammvater am rettenden Ufer an Land zu gehen: am Ufer der Seelenrettung, in diesem Fall.

Jener schwerreiche Großonkel Beniamino Venarvaghi befand sich, im Alter von siebzig, nunmehr im Zustand eines kinderlosen Witwers, ohne andere direkte Nachkommen, das Kinn, und unterm Kinn die Magengegend, gänzlich geschmückt und geschildet von einem nichtendenwollenden ambratabakfarbenen Bart mit zwei Spitzen, den kahlen Kopf und den Bart befangen in einer Art Hin und Her, weswegen er Nein-Nein zu deuten schien, auch wenn keiner ihm irgendeine Ausgabe vorschlug oder von ihm verlangte: und mit kaputter Blase und kaputtem Darm, weswegen er, indem er den Beistand der Teresa und gewisser speziell gekrümmter Gefäße, Töpfe, Becken, Fisteln und Reservelöffel in Anspruch nahm, auf der linken Seite Pipi machen mußte – und konnte – und von der rechten Seite Pupu: er war also links nicht weniger offen als rechts, obgleich damals noch keiner von einem Christenmenschen verlangt hätte, nach irgendeiner Seite offen zu sein, abgesehen von der Börse. Und die Börse des Beniamino machte den verneinenden Kopfbewegungen alle Ehre, und neigte also dazu, sich beim geringsten Anstoß schlagartig zu schließen, wie die Blätter der Sinnpflanze (mimosa pudica Lennaei) schlagartig gleich einem Nußknacker zusammenbeißen, wenn auch nur ein Schmetterlingsflügel drüberstreift. Vor jeder Beziehung mit gewissen entfernten und wenig empfehlenswerten Vettern dritten Grades seiner verstorbenen Frau zurückschreckend, hatte der neinsagende Beniamino nach entsprechend wiederkäuender Überlegung beschlossen, die wohltätigen Strahlen seiner Wohltätigkeit als schwerreicher Unsterblicher, was die Seele betrifft, dennoch Sterblicher im leiblichen Sinne, auf den Großneffen Giuseppe zu richten, den einzigen Sohn des einzigen Sohnes seines Bruders, der sich zusammen mit dem Sohn ins Jenseits begeben hatte: also den Giuseppe Venarvaghi als seinen Universalerben einzusetzen, abzüglich, wohlgemerkt, der Legate und Zuwendungen an gewisse wohltätige Einrichtungen, welche als moralische Körperschaften galten und an die hoffende »treue Filomena«, genannt Mena: welchselbige nunmehr seit vielen Jahren, klopfenden Herzens, mit der Stopfnadel über den Socken hockte, mit vernebelter Brille, »die für ihre Augen nicht taugte«, und die eben wegen ihrer unverbrüchlichen Treue genau voraussah, welchen Lohn sie für ihre fünfzigjährige Treue von den Nutznießern derselbigen zu erwarten hatte. Aber da er diesen Nichtsnutz von einem Großneffen, diesen Giuseppe, der einmal Hauptmann der Ulanen von Novara gewesen war, kannte, der einen Hang zur Verschwendung hatte (Stürze vom Pferd mit Beinbrüchen, Pferderennen, Wetten auf Pferde, Spiel, Frauen, oder eher Dämchen, Alkohol, Segelregatten mit Kentern, Phätons und Tillburies, die umkippten) und ihn als Geldverschwender und ums Morgen Unbekümmerten kannte, hatte der »Onkel Beniamino« ihm allmählich und immer dringlicher auferlegt, sich ehelich zu verbinden mit Adelaide, verwitweter Golliati, der Nichte seiner geliebten Teresa, oh ja! seiner heißgeliebten verstorbenen Gattin, Tarabiscotti Teresa, die durch die Ehe mit ihm zur Teresa Venarvaghi Molinò Tarabiscotti geworden war.

II

Diese Aufforderung äußerte sich und wirkte sozusagen als zwingende Auflage oder Erpressung, mit der immer deutlicheren Drohung, ihn zu enterben und »alles dem Hospiz« und, in zweiter Hypothese, der Adelaide zu vermachen, sofern er, Giuseppe Venarvaghi Saltacavallo von den Novara-Ulanen, Ex-Hauptmann und erwählter Erbe, sich dafür entscheide, man wüßte nicht aus welchem Grunde, den allgemeinen Ermahnungen und dem gezielten Heiratshinweis des letztwillig verfügenden Großonkels nicht Folge zu leisten. Dieser alles andere als keusche Josef, der dunkel erfaßte, daß er keine Gemüts- und Geistesgaben besaß, um bei anderen Gelder oder auch nur Kleingeld locker zu machen, hingegen mit all jenen reich gesegnet war, die so kolossal nötig sind, um es auszugeben, geriet ganz allmählich in den Zustand der Willensschwäche und sich hinziehender Ratlosigkeit der Psyche, wo das Wollen gleich ist mit dem Nichtkönnen: und das Können die ausschließliche Folge des Nichtgewollthabens ist. Vom Großonkel sehr knapp gehalten, begriff der Venarvaghi Giuseppe in venarvaghihafter Weise, daß er nunmehr an keiner anderen Quelle mehr zapfen konnte für die Kreuzerchen, die er so nötig brauchte, um seiner Novaresischen Freigebigkeit und der immer üppigeren und launenhaftigeren Schmetterlingshaftigkeit nachgehen zu können, mit der er sein Reiterschicksal dekoriert hatte. Die einzige Ausstattung, die solcherart Ratlose instandsetzen kann, an der Idee des Edelmetalls oder des papierenen Gegenwerts zu schnuppern, ist die Mitgift einer Ehefrau. Der scharfsinnige und anständige Großonkel erahnte dies mit dem Kopfe wackelnd: »Nein, nein« schien er zu sagen: »Hier liegt Charakterschwäche vor. Arbeit schmeckt ihm schlecht«: und für sich allein schien er den Schluß zu ziehen: »Bin sicher, daß wir, nach ein paar Jährchen Hin-und-Her, Zuckerplätzchen zur Taufe kriegen werden.«

Die verstorbene Tarabiscotti Teresa, vermählte von Venarvaghi, eine fähige und kluge Frau, hatte dem Beniamino beigestanden, nicht nur beim Pipi und Pupu, mithilfe der obengerühmten Fisteln, aus den besagten seitlichen Örtlichkeiten, sondern auch beim Anhäufen und der wackeren Verteidigung sowie der Verwaltung des beachtlichen Vermögens; welchselbes also, wie jeder sich leicht vorstellen kann, die Frucht der Ausdauer des Beniamino und der gewissenhaften Aufmerksamkeit und des willigen Talentes von ihrer Seite war. Die Nichte der Teresa (Tochter der Giovanna Tarabiscotti, verheiratete Carpioni), jene, die Giuseppe Venarvaghi Saltacavallo ehelichen sollte, wenn auch mit Widerstreben, war eben jene Adelaide Carpioni, Witwe eines gewissen Golliati Cesare, und Mutter des Golliati Luciano. Diese Adelaide Carpioni Golliate war, nicht weniger als ihre Tante, Teresa Venarvaghi Molinò Tarabiscotti, eine kluge Frau, voller Hausverstand, wie die Optimisten, diese Enthusiasten, sagen, wenn sie eigentlich etwas anderes meinen: sehr vorsichtig mit dem Geld, entschlossen, kleinlich und hartleibig. Tatsächlich litt sie unter, oder stand sie vielmehr im Genuß, einer trefflichen Hartleibigkeit, die ganz im Gegensatz zur beidseitigen Redseligkeit des Großonkel, ihr Zentrum in einer anhäufelnden Neigung des Fettes hatte, eine Eigenschaft, die man ansonsten an einer eisernen Sparbüchse zu schätzen weiß. Die Salzkörner des Doktor Augusto Murri, die Flaschen der Tettuccio-Quelle hatten keinen anderen Effekt, chez elle, als von Stunde zu Stunde ihre unbestreitbare Darmfestigkeit zu verstärken: lüstern, wie sie nunmehr nur noch darauf aus war, mit den Gaben ihres ureigenen Gemüts und der ihr eigenen zielbewußten Krallen, legalisiert durch die Josefsehe, ihre legitime und persönliche Aussteuer oder auch Gegensteuer zu verteidigen und rechtmäßig zu hüten und zu verwalten: in Wirklichkeit das Vermögen, oder »Die Substanz.«

III

Witwe des Cesare Colliati, eines willfährigen, dürftigen und melancholischen Beamten der Königlichen Hypothekenverwaltung, belastet mit dem Sohn Luciano, der aufgezogen werden mußte, sowie dem durch Krankenhaus und ein Begräbnis erster Klasse hinterlassenen Schulden, die ratenweis abzuzahlen waren, hatte Adelaide bisher keine Möglichkeit gehabt, ihre Gaben als umsichtige Sparerin ins Werk zu setzen. Umsichtig war sie, aber die Ersparnisse, welche die Umsichtigkeit bei Gelegenheit sichtbar gemacht hätte, waren, leider, noch immer im Dickicht verborgen. Jedes Lirastückchen, das man theoretisch auf die hohe Kante legen konnte, wurde in der Praxis verschlungen von der dumpfen Gier des Fünfzehnjährigen: bei dem, von Tag zu Tag, alles wuchs, die Statur, das Gewicht, der Appetit und die stumpfe Anlage, mit dem Hirn im Leeren zu taumeln, was sich bereits in der Blödigkeit einer nichtendenwollenden Kindheit kundgetan hatte. Auf seinem wässrigen Gesicht, von orientierungsloser Blässe, auf der leicht fettigen Stirn über den halb romantisch, halb gymnasiastenhaft blaugeränderten Augen stand mit deutlichen

Lettern das Motto jeder unbeschwerten Halbwüchsigkeit geschrieben: »Arbeitslust, spring mich nicht an, ich bitt dich!«
Auf diese Weise wurde die vom Großonkel so zäh gewünschte Heirat ganz allmählich genehm (nicht ohne daß es zu gewissen widersetzlichen Ratlosigkeiten gekommen wäre und beide zur Ehe Veranlaßten im letzten Moment ausgeklügelte Gegenargumente vorgetragen hätten): sowohl dem Giuseppe Venarvaghi Saltacavallo wie der Adelaide Carpioni, verwitweter Golliati. Die Ehe wurde beschlossen und vom Stapel gelassen. Des verstorbenen ersten Gatten der Adelaide Andenken und seinem Grab galt die respektvolle Anerkennung, der »heißgeliebte Cesare« wurde in allen Familiengesprächen zum lediglich »betrauerten Cesare«: einige besonders »sprechende« und besonders »getroffene« Abbilder fanden Aufnahme im »Zimmerchen« des ewig hungrigen Sohnes: unter anderen, ach, armer Cesare!, das, wo er von hinten am Strand von Pegli aufgenommen worden war, und aussah, als ob er fröstle im Wind, mit dem viel zu weiten, quergestreiften, schwarzweißen Trikot über den haarigen Beinchen: der nicht üble Popo: doch die Füße, das war klar, zu zart für einen Strand am Westufer. Auf diese Bilder des »geliebten Papa« ließ der Sohn, wenn er sich anzog, zufällig seinen achtlosen Blick fallen, als wären es Fotos von Carlo Tenca.
Das lange Zögern und dann die unabweisbaren Notwendigkeiten, schließlich die zuletzt eingenommenen Standpunkte betrafen vor allem ihn, Luciano, den die Mutter mit sich ins neue eheliche Heim nehmen wollte, weswegen sie das vom »Onkel« Giuseppe vorgeschlagene Internat ablehnte, auch nach der Magenverstimmung durch Kaviar, Butter, marrons glâcés, Likörbonbons, Räucherlachs, Sardellenpaste, Marsalatopfen und Eierlikör VOV G.B. Pezziol, die der unbekümmerte Fünfzehnjährige während der öffentlichen Verlobungsfeier seiner Mutter nicht ausgelassen hatte: wobei ihm über dem großen Teppich des Onkel Beniamino, zwi-

schen zwei weißbehandschuhten Dienern, alles wieder hochkam, was er in zwei Stunden, in denen er sich ihrer scharfen Wachsamkeit und nicht minder der gelegentlichen, machtlosen und höchst verärgerten Nachbarschaft des »Onkels« Giuseppe, des Bräutigams, entzog, hinuntergeschluckt hatte.

Die wackeren Eigenschaften der Adelaide, welche in so glücklicher Weise die ihrer »heißgeliebten« (und, wie gesagt, verstorbenen) Teresa, der Tante Adelaides wiederholten, ermächtigten den alten Beniamino dazu, die widerstrebende Nichte, mittels einer angelegentlichen Vergleichung von Frauentugenden, und mit Hilfe eines Neinnein des gelben, zweispitzigen Bartes in solidarischer Bewegung, zum unverzichtbaren Beistand bei der weiteren Pipi- von der linken und Pupu-Produktion von der rechten Seite zu bewegen: denn in den Händen einer ihm zugetanen Person, so sagte er, fühle er sich sicherer als in jenen einer »Söldnerin«: welchselbe ein Geschöpf ist, das Lohn empfängt und das um Lohn auch die delikatesten Handreichungen ausführt. Man veranlaßte ihn, die Nichte, die demnächst Großnichte werden sollte, in die verschwiegensten Mechanismen der Verwaltung der »Substanz« einzuweihen. So daß die Adelaide, nach und nach, im Herzen wie unter den Flanken des Onkels und demnächstigen Großonkels, aufs Löblichste ihre verstorbene Tante, die Teresa Venarvaghi Molinò Tarabiscotti und die lohnabhängige Nachfolgerin ersetzte; sie wurde nun, im Angesicht dieses tabakfarbenen Bartes und dieser gelbsüchtigen Augen, welche anscheinend Nein-Nein sagten und Pupu, oh, soviele Pupu verhießen, die Krankenschwester, die Garderobiere, die Trösterin, die Fistlerin, die Sekretärin und die Privatrechenmeisterin. Sie glänzte in der Kunst der doppelten Buchführung, das heißt, darin, ein doppeltes Register zu führen: eines ihrem eigenen Stolz zuliebe, begleitet von einem gehörigen Anreiz zugunsten der »Buchführung des Beniamino Venarvaghi Molinò«: das andere, um es mit der heitersten Unverschämtheit dem damaligen Steuerbeamten zur Begutachtung vorzule-

gen; ein kaum sehr gewagtes Unterfangen, denn ein Steuerbeamter war damals nicht so gewiegt wie der von heute, der auf euch trifft.
Alle diese Daten und Fakten, diese zur Pyramide getürmten Umstände, obenauf der endlich erreichte Idealzustand, nämlich die Mitgifte (im Plural) der bereits verwitweten und nunmehr zu venarvaghischen Eheschließung eingefangenen Adelaide, die aber bereits in die venarvaghische Genealogie eingekapselt war, befreiten die Brust des Beniamino zu einem Seufzer der Erleichterung, den der zweispitzige Bart verherrlichte: sie setzten endlich die Psyche frei in Richtung der sehnlichst erwünschten Beschlüsse: (der testamentarischen). Wie es denn vorkommt, daß beim Herannahen des »Wiesenmonats« der Hirt sich entschließt, den alten Esel freizubinden und ins frische Gras zu entlassen, den wir dann scheinbar ziel- und zwecklos über die Wiese irren sehen: aber, so meinen wir, er wird schon ein Ziel haben: der zwar bartlose, aber langbeohrte Vierbeiner zieht übers Grün noch immer das Seilende hin und her, das ihn an die Krippe band: und so zieht auch der Mensch in Richtung aufs Grün der Elysischen Gefilde seine unbezähmte fixe Idee hinter sich her, die ihn an diese unsre Welt gebunden hatte.

IV

Die Hand und die Feder des Onkels kritzelten nun über das Blatt, kratzten lang auf dem Papier, schrieben nieder den Letzten Willen und die Anordnungen des wakkelnden und letztwillig verfügenden Hauptes, strichen mehr als einmal, durch plötzlichen Sinneswandel veranlaßt, ein bereits zu Papier gebrachtes Wort wieder durch. Die Spitze der Feder verhakte sich hie und da mit großem Nachdruck beim Angriff auf ein P oder T oder im Gefolge eines dreifüßigen M: verspritzte tiefschwarze Tinte in tausend Pünktchen aufs Elfenbeinweiß des

Papiers, um entweder das Explodieren einer Handgranate oder das Negativ einer bei Tag betrachteten Sternkarte darzustellen. Der tabakfarbene Bart sekundierte, neben den noblen und wohlbedachten Willensakten des Gemüts und der dazugehörigen Niederschrift, dem unaufhörlichen Hin und Her des Hauptes: und zwar mit einer leichten Phasenverschiebung, beziehungsweise einer Verspätung oder Hysterese, weswegen der Bart, wenn der Kopf schon die Richtungsänderung vollführt hatte, noch auf der anderen Seite triftete. Und mußte jedesmal wieder an Bord geholt werden.
Das Handschreiben in einem gelben Umschlag im halben Protokollformat. Der Umschlag, noch unversiegelt, in das Geheimfach des Sekretärs. Ein Versteck, das Teresa kannte, und nunmehr auch die Adelaide. Ein Sekretär, zu dem man, um ihn aufzuschließen, zwei aufeinander abgestimmte Schlüssel brauchte, indem man viermal mit dem einen nach vorn und dreimal mit dem anderen nach hinten drehte: und dies alles zweimal: wobei ein Fußtritt genügt hätte, um ihn aufzubrechen.
Das Testament – anscheinend befremdlich, aber in der Tat logisch, sofern man die Mitgiften, im Plural, der bedachtsamen Buchhalterin und unfehlbaren Rechnerin Adelaide, ihre venarvaghische Position als Ehefrau sowie die obenerwähnten Defekte des Gatten Giovanni, dieses läppischen Süfflings und leichtlebigen und eleganten Schönlings, dieses Ex-Hauptmanns der Ulanen von Novara, in Rechnung stellte – das Testament also hatte schließlich folgende Richtung genommen: »Die beiden Ehegatten, Venarvaghi, Hauptmann zur Verfügung, Giuseppe, und Adelaide, geborene Carpioni, Witwe des Buchungsbeamten Golliati Cesare, werden eingesetzt als gemeinsame Erben und Nutznießer des ungeteilten Vermögens des Venarvaghi Beniamino: sie kommen gemeinsam in den Genuß«, also praktisch jeder die Hälfte, »des Einkommens aus besagtem Vermögen, welchselbiges hier als Nutznießung bezeichnet ist: während das gesamte Kapital, bewegliches und unbewegliches, schließlich in den Besitz desjenigen Ehegatten übergeht,

der den anderen überlebt.« Dieses würde, nach der Berechnung des Onkels Beniamino den Effekt haben, daß jedenfalls die Verschleuderung der »Substanz« durch den Großneffen Giuseppe hinausgezögert werden würde, bis zu jenem Zeitpunkt, zu welchem dieser Giuseppe, selbst wenn ihm die Adelaide voraussterben sollte, nicht mehr imstande wäre, zu vergeuden – mangels weiterer Funktionsfähigkeit... sei's der vergeudenden Organe, sei's der vergeudungsfreudigen Angewohnheiten: (was vielleicht ein- und dasselbe ist). Beniamino hatte auch an einen eventuellen Sohn der beiden gedacht, auf den er, wie Archimedes auf die Triremen des Marcellus, die Totalität der Brennstrahlen seiner letztwillig verfügenden Mildtätigkeit hätte konzentrieren können, die selber nicht einmal mehr weiß, wen zum Teufel sie beglücken soll, so groß ist die Ehrfurcht und Furcht, die ihr die enorme »Substanz« einflößt: aber Adelaide hatte ihm bedeutet »nichts, nichts, rien à faire de ce côté là«, so gereift und abgeklärt wie sie jetzt war, wenn auch etwas zu früh.

Wie jederman sieht, hatte der Kopf des Beniamino übermäßig gewackelt, aber er hatte nicht ausreichend überlegt. Sein nobler Vorsatz – auf jede Weise die Einheit des Besitzes, also die Konsistenz des Vermögens zu retten, indem er die Einheit dem EINEN zuleitete und das Mehrfach floh, genauso wie die Schütte der Mühle das Wasser sammelt und auf die Schaufel, die einzige, die unter ihr zum Empfang bereit ist, gießt – seine noble Absicht hatte nicht den falschen Schritt erahnt, der in einer so zweideutigen und dabei hypothetischen Bezeichnung des Erben lag. Das »descensus« des Familienerbes mußte solcherart ganz plötzlich in den Trichter, oder in die Schneppe, eines Nachfolge-Vakuums stürzen. Die Auswirkung einer Bestimmung dieser Art war, daß sich eine Vakanz ergab, eine »vacatio«, oder vielmehr eine Nachfolgeunterbrechung, die im Gesetzbuch nicht vorgesehen und daher rechtlich nicht zulässig war. Überdies bestand, angesichts obengenannter Anordnungen des ausgeklügelten Handschreibens, die Alternative, daß, sofern (in kinderloser Venarvaghi-Ehe) Adelaide den Giuseppe, ihren zweiten Ehemann überleben würde, die »res familiaris« der Venarvaghi schließlich durch eben diese Adelaide in die Hände oder in die Taschen oder in die Hände in den Taschen ihres Sohnes Luciano aus erster Ehe mit Golliati Cesare fließen würde: und Luciano war kein Venarvaghi, sondern schlicht ein kleiner Golliati. Das war kein Blut, bewahre, vom Blute des Beniamino. Er war jedoch – insofern Sohn der Tochter der Tarabiscotti Giovanna, verehelichter Carpioni und leiblicher Schwester der Teresa – Blut aus der Seitenlinie, das gewiß! von seiner unvergeßlichen Teresa Tarabiscotti, verehelichter Venarvaghi Molinò, Mitarbeiterin bei der Erschaffung seiner, des Beniamino Venarvaghi Saltacavallo, »Substanz«.

Die oberste Sorge des Beniamino entsprang jedoch nicht dem Umstand, daß die »Substanz« zu einem fernen Zeitpunkt, wenn sich seculum in seculorum aufgezehrt hätten, dem einen oder auch dem andern fernliegenden oder gar außenstehenden Erben, sei's Venarvaghi oder Golliati, an den Kopf fliegen könnte: sie galt vielmehr der fürchterlichen Gefahr, die bei jeder neuen Paarung von Erben, Untererben und wahrscheinlichen Erben auf SIE, die Substanz, lauerte, nämlich, daß sie stufenweise abbröckeln und sich verläppern könnte: und schließlich verdunsten, wie der von den Marmorkaskaden sprühende Schaum, durch Teilungen und Unterteilungen und endloses Verspritzen auf dem langen Brodelweg der kleinen Erbfolgegefälle.

Sein fixer Gedanke war die Uantastbarkeit, also die Einheit der Einen »Substanz«. Die Vorstellung von einer Zweiheit oder, schlimmer noch, einer Dreiheit ließ ihn erschaudern unter dem doppelten wollenen Unterleibchen und den doppelten Unterhosen, die er noch den ganzen Mai hindurch trug, getreu dem Familienmotto: »April, Wolle ist nicht zuviel, Mai, laß's dabei, Juni ist schön, laß's gehn.« Das doppelte Unterhemd, das ihm Adelaide täglich mit so zarter Hand lupfte, um die stellvertretenden Öffnungen bloßzulegen, die Öffnung links und die Öffnung rechts. Er hatte, als dreieinhalbjähriges Kind, im Schürzchen, wenn ihm das Pipi aus dem Pips lief und als er zum erstenmal beim Murmeltauschen mit den Spielkameraden nachdachte, schon begriffen, was das bedeutet: »das Kapital« (damals nannte er es »Gloschen« oder »Mummeln« und sagte »Bobo« statt »Bonbon«), hatte begriffen, was der dialektische Keim der »Kapital-Funktion« ist. Kapital war die Zahl von Bonbons oder Murmeln, die er nach dem Spiel auf die Seite bringen konnte, wenn die Spielregeln ihm gestattete, sie zu behalten, sie auf die Seite zu bringen: und falls ihm, wenn sie auf die Seite gebracht waren, im Fall des Sieges, ein Gewinn zugestanden wurde, im künftigen Spielverlauf, der im künftigen Zeitverlauf zu tätigen war. Falls der künftige Einsatz oder weitere Gewinn durch das Gesetz verwehrt sein sollte, dann würde er, statt sie in der Tasche zu streicheln und zu betasten, statt sie immer wieder zu zählen und tausendmal nachzuzählen als sicheres und gewinnbringendes Gut, statt jede Nacht ihre zahlenmäßige Vermehrung zu erträumen, dann würde er seine Murmeln lieber in den Kanal schmeißen oder sie dem Konditorsohn schenken für ein paar Schaumkringel, um sich schnurstraks damit die Lippen zu verschmieren. Er hatte begriffen, was das Kapital ist: und wie man sich doch auf jede Weise mühen muß, nicht nur, um es zu nutzen und zu mehren und es zu verteidigen mit allen Mitteln gegen die subtile Erpressung der Altruisten (denn so nennt man diejenigen, welche beabsichtigen, andere von den Murmeln der anderen profitieren zu lassen), sondern auch, um es mit aller Sorgfalt zu verkleiden und zu verbergen vor der rastlosen Habgier der vermutlichen Aneigner öffentlicher oder privater Art, den Tribunen der Plebs oder den Finanzministern: indem man also im festen Besitz des Kapitals den Daseinszweck selbst verteidigt. Er, der kleine Beniamino, war damals kein Professor der Zukunftsökonomie und keinesfalls ein italienischer Gesetzgeber der zweiten Jahrhunderthälfte (des zwanzigsten): er war ein kräftiger, lombardischer Knabe der zweiten

Jahrhunderthälfte (des neunzehnten), der die Murmeln einzeln, jede für sich, hinzählte und sie, eine nach der andern, ausspielte, um sie zu vermehren.
Als Jüngling und Mann verkaufte er seine Gesundheit an die Frauen, wobei, zu jener Zeit, das Herz eines Jünglings oder gar noch eines Mannes oder Alten zumeist krank wurde: und er fuhr fort, den Priestern soviel oder so wenig zu glauben, als genügte, um sich in der Ausübung seiner Herzensneigungen nicht belästigen zu lassen: welchselbe zweierlei waren: eine echte Begeisterung für »die Frau«, als kollektivem Allegorismus, und eine ebensolche Begeisterung für das ihm eigene Kapital, als ideelle und praktische Wesenheit von ganz und gar nicht kollektiver Art. Er glaubte vor allem an den »Privatbesitz«: und an die Zuträglichkeit und die Pflicht, es bei jeder günstigen Gelegenheit abzurunden. »Carpe diem« pflegte er beim Aufwachen zu gähnen. Und über einen Gegenstand oder einen Besitz oder eine Kartoffel oder einen Vierbeiner seiner persönlichen Zugehörigkeit pflegte er füglich zu meinen: »Dieses Pferd und diese Kutsche gehören meiner privaten, privatesten, persönlichen, properen Prosperität«, also fünfmal ein P, eins nach dem andern. Er verzeichnete abends im kleinen Register den Buchungswert einer Erwerbung, indem er vor der Bezeichnung des Gegenstands oder des erworbenen Instruments das besitzanzeigende Fürwort »mein«, gefolgt von den fünf P, einsetzte: zum Beispiel: »Von Moroni, Via Manzoni, gekauft meine p.p.p.p.p. Zahnbürste: £ 1,75«, da ja die Lira damals mit einem großen L und einem Spiegelstrich geschrieben wurde. Und er hatte mehrmals einen über siebzigjährigen Juristen, einen Virginia-Raucher, über die eventuelle praktische Möglichkeit ausgefragt, ins »Albertinische Statut« folgenden Gesetzesartikel einzuführen: »Der private Besitz ist heilig und unantastbar«. Zu dem Kopfgeschüttel des Juristen und dem nachfolgenden Aschenabsturz von der Spitze der Virginia, hatte er die Wünschbarkeit der Schaffung eines Supergerichtshofes ventiliert, welchselbes man heute ein Verfassungsgericht nennen würde,

das dieserhalb befinden sollte, also über die Unantastbarkeit des privaten Patrimoniums, statt über die Verfassungsgerechtheit eines Bezirksrichterentscheids betreffs der Flugblätter eines Kerls aus Poggibonsi oder der willkürlichen Hundefängerei der Hundefänger von Navacchio betreffs des räudigen Jagdhunds des Metzgers von Fucecchio oder der Liebestorheiten, die der Bäckerbursche von Calenzano im Mai auf der Gemeindewiese beging. Diesem Supergerichtshof sollte, seiner Ansicht nach, ein »entschlossener Jurist« als Präsident vorstehen.
Einem Mitglied der Lombardischen Akademie hatte er sodann eines Abends im »Biffi« beruhigende philologische Erklärungen bezüglich der Bedeutung des Verbs »violare« abgeluchst, getrieben von seiner besessenen Furcht, daß »violare« nur einen Teil der Aktionen umfassen könnte, die er verabscheute, insofern sie seinem (privaten, privatesten, personellen) Besitz schädlich wären. Und da dieses Mitglied abschließend meinte: »Für eine prägnantere semantische Definition des Verbs ›violare‹ ist es ratsam, ein Diktionär zuhilfe zu nehmen«, wollte Beniamino seinen Widerstand gegen Ausgaben überwinden: und nach entsprechendem inneren Kampf entschloß er sich zum Erwerb eines gebrauchten Wörterbuchs in der Via delle Case Rotte. Er trug es zu sich nach Hause, wie der schlaue Bauer, der eine besonders legefreudige Henne erworben hat, also beinah heimlich: eingewickelt in ein blaßblaues Papier, als wär's ein Trüffel. Aber es verbreitete einen ganz anderen Geruch. Er schloß sich ins Schlafzimmer ein. Nachdem er die Brille aufgesetzt hatte, blätterte er mit fiebriger Hand: »vi-vi-viola-re«. Unter dem Stichwort hieß es tout court: »Die Jungfräulichkeit oder Schamhaftigkeit verletzen. Verderben. Beschmutzen. Zumeist bezogen auf Glauben, Gesetz, Recht, Gelübde o.ä.« (das Privateigentum, ausgerechnet, fehlte): »nicht einhalten, nicht beachten, zuwiderhandeln. Hinsichtlich Grabstätten: sie aufdecken oder zerstören in verbrecherischer Absicht.« Er machte die Gegenstichprobe mit »inviolabile«: ... »Die Person des Volksvertreters ist inviolabile«. Na, schlim-

mer als nachts hinausmüssen! Wenn der Volksvertreter einer von denen mit der verbrecherischen Absicht ist (die Bezeichnung stammt von ihm, nicht von uns: Gott soll schützen!), die den Privatbesitz »violare« wollen? Statt daß der Besitz »inviolabile« sei, ist es der Enteigner! Er versuchte, das »inviolabile« durch »unantastbar, unberührbar, unerreichbar« zu ersetzen, dann ging er wieder zum Juristen ... Der siebzigjährige Virginiaraucher tat den Mund nicht auf: er setzte gerade mit peinlich genauem Ritual diese Art Rute philosophischer Senilität in Brand, die sich so schwer in Gang bringen läßt: er zwinkerte vor Lachen mit den Äuglein, zwei funkelnde Pünktchen hinter den Kurzsichtigkeitslinsen. Er war Zeuge gewesen, Trauzeuge, bei Beniaminos Heirat: ein Zeuge, oder Zeuger, nunmehr in Bechamel aufgeweicht. Und jetzt zeugte Beniamino für sich. Als Besitzender wollte er den Besitz unsterblich machen, nachdem er Anordnung hinsichtlich der Unsterblichkeit getroffen hatte, ich meine nicht, der Seele, die ja von ihrer Beschaffenheit her unsterblich ist, und sich daher den unsterblichmachenden Umsichtigkeiten ihres Besitzers von vornherein entzieht: Gesundheit, oh!, da setzen wir ja alle täglich auf Grade oder Ungrade. Ein rein wirtschaftliches Konzept, das Kapital zu retten, und gleich darauf oder vielleicht sogar, ehe man die Seele gerettet hat, selbiges retten, retten coûte que coûte, herrschte über der Dialektik seiner Grübeleien und Entschlüsse, des Verhaltens, der Aktionen. Er begriff, daß er nicht ein Zeuger von schwarzäugigen Söhnen Süditaliens war, sondern ein Erzeuger von Pupu und Pipi aus Norditalien, daß Söhne zu zeugen ohne Kapital zu schaffen, so wäre, als wolle man Wein erzeugen, ohne Fässer zu besitzen oder große Korbflaschen, sondern höchstens ein paar zerfranste Fiaschi. Und mit dem Ablauf der Jahre waren einige neue Umstände dazwischengekommen, um Beniamino Venarvaghi von Saltacavallo von jedem restlichen Zweifel bezüglich der von uns geschilderten Termini in der Abfassung abzubringen, und sich jeglicher Sinnesänderung im Hinblick auf eine Revision zu widersetzen: ausge-

nommen der Einholung eines Rates, einer juristischen Begutachtung, und zwar möglichst klar und konkret, betreffs der »Form« der getroffenen Dispositionen, wenn auch nicht der Leitlinien, die ihn beseelt und ihm die Hand geführt hatten bei der Niederschrift des Dokumentes. Von den neuen Umständen sei später die Rede: was die Form und die Meinung des Ratgebers betrifft, das Folgende.
Als Beniamino sich entschloß, das genannte Handschreiben dem Notar, Doktor und Geheimrat Amilcare Barlingozzi, mit Kanzlei in der Via General Caneva zweihundertachtundfünfzig, erster Stock, zu zeigen, vermeinte der Doktor Barlingozzi, nach aufmerksamer nochmaliger Lektüre und angemessener Überlegung, ihn unverzüglich darüber aufklären zu müssen, daß ein Akt dieser Art ... er verhedderte sich, geistreichelte ... nein, nicht abartig sei, nicht an sich, daß er aber in Italien als ein solcher gelten würde (Beniamino geriet in kalten Schweiß), insofern ein Akt ... er berichtigte sich, Dokument dieser Art, sich im Widerspruch befände zur deutlichen Anordnung ... der Artikel 680-684 des Bürgerlichen Gesetzbuches (Italiens) und ganz allgemein zum »Geist der Verfassung, die keinerlei, auch keine versteckte fidejussorische Erblassung in Betracht ziehe, ausgenommen jene – sozusagen uneigentliche – Art einer Familien-Fidejussion, welchselbe das Nutznießungslegat darstellt, und zwar an die demnächst verwitwende Gattin im Verbund mit der endgültigen Hinterlassung der Hauptsubstanz an die Kinder, oder an die Geschwister oder die Geschwisterkinder.« Welchselbiges nämlich vor allem eine wirtschaftliche Immobilität der Substanz bedeutet, eine sterile Unbeweglichkeit der Penunze oder der Kreditpapiere (gar nicht zu reden von den abbröckelnden Mauern), einschließlich dem katastrophalen Fall eines Vermögens in Form von Staatspapieren oder überhaupt irgendwie in der Lira verankerten Wertpapieren, wenn die Lira, was ihr im übrigen recht selten passiert, von der Lust erfaßt wird, sich zu verdünnisieren oder gar auf den Nullpunkt zu schliddern: ein zum Ruhm be-

stimmter Stapellauf, geschmiert mit Rindstalg, dem unvergleichlichen Rindstalg des offiziellen Speichelflusses.
Ein Kapital in Papier-Lira besitzen, das man nicht tanzen lassen kann, weil die Lira dabei in die Pleite saust, das ist, wie wenn man einen Schirm hat bei einem Regenguß und es nicht schafft, ihn aufzuspannen. Beniamino hatte sich betätigt und seine Berechnungen angestellt zu einer Zeit, als die Lira sich gut hielt, als auch die Duelle des Abgeordneten Felice Cavalotti immer die gleichen Strafgebühren gekostet hatten, in den Jahren 1888, 1895 und 1897, sofern man das letzte ausschließt, das von 1898, das ihn das Leben kostete. Wenig entwikkelt war daher in ihm, in Beniamino, der Sinn für die wirtschaftliche Leere, das Finanzdesaster, welches in jedem Land der Welt eintritt, wenn sich an das Röhrchen des öffentlichen Trichters, welches die Staatsbilanz darstellt, die habgierige Gurgel eines schon vor dem Trinken besoffenen »Staates« hängt, eines Staates, der verplempert, der schwätzt und säuft als rücksichtsloser Vernichter von Vätergut, nur süchtig darauf, seine eigenen Steuerzahler zu ruinieren und umzubringen. Viel bedachtsamer, meinte Beniamino, sei doch der Bauer: der auf sein Vieh schaut, mehr noch als auf seine Frau, der, wenn er die Kuh am Strick auf den Markt führt, stehenbleibt, wenn der Umstand es fordert, und sie pissen läßt. Das Abrutschen von 1 auf 0,20, welches der Krieg 1915 mit sich brachte, hatte ihn nachdenklich gestimmt. Von verschwommenen Vorstellungen ausgehend, wenn auch gewissermaßen kühnen, wie zum Beispiel vom Sprichwort »Mehr Kugeln als Land, bringt der Krieg zur Hand«, erreichte er schließlich das Ende des Konflikts, wie man ihn damals bezeichnete, »mit dem Stolz, an der Rettung des Vaterlandes mitgewirkt zu haben«, zumal er in einer Schublade einige Tausendlirescheine vergessen hatte, die ihn Borlattini, man kann sagen, gezwungen hatte, zu zeichnen als »fünfprozentige Kriegshilfe« und er nach und nach gewisse dringliche Lieferungen von Hosen, Hemden, Bruchbinden und anderen einschlägigen Artikeln an unsere tapferen Zeugkammern

finanziert hatte, zu deren einer, in der Etappe, genauer gesagt »in der Maremma«, eben der vielgeliebte Erbe (in pectore), also Giuseppe Venarvaghi, indem man ihn dem Novara-Regiment entführte, abkommandiert worden war, und zwar zu einem Beschälplatz bei Montalto di Castro, fern vom Bereich der Schußlinie der Artillerien, dies wohl, aber doch immerhin »Tag und Nacht« ausgesetzt den fürchterlichen Drohungen eines Luftangriffs von 1918. Was die Etappe anbelangt, so hatte Beniamino stets, also »während der ganzen Dauer des Konflikts« eine spartanisch optimistische Neigung bewahrt. Die Etappe war ebenso gefahrvoll wie die Podgora, »aber ich verzweifle nicht. Audaces fortuna juvat«. »Überdies stellt sich hier«, klärte der Barlingozzi ihn des weiteren auf, »ein substantieller Formfehler durch die fehlende oder mangelhafte Benennung des Erben, insofern die erbende Person als unerläßliche Intestatsperson der sogenannten Nackten Erbmasse unbestimmt bleibt, also als nicht bezeichnet bis zum Ableben einer der beiden Ehegatten ... sei es, daß Adelaide oder Giuseppe den anderen überlebe«! Das Testament war, was die Nackte Erbmasse anbetraf, in Wirklichkeit ein Fideikommiss, also eine Hinterlassenschaft an eine Person mit der verkappten Verpflichtung, sie einer anderen Person zu überlassen, eine vom Gesetz verbotene, wenn auch vom Kodex nicht genau erwähnte testamentarische Verfügung: das war der Formfehler. Überdies fehlte, bis zum Ableben des ersten, sei's Adelaide oder Giuseppe, sogar der Erbberechtigte des Vermögens, aufgrund der zweifelhaften, oder besser gesagt, der hypothetischen Bezeichnung des Erben. Und das war der substantielle Mangel. Nein. Das Testament war, in dieser Form und mit dieser Bestimmung, ungültig. Das Gericht selbst würde, in aller Gewißheit, es als unvollziehbar bezeichnen.

V

Die neuen Umstände, welche jeder Versuchung, die Grundbestimmung (nämlich die Idee, alles, jedem zur Hälfte, dem Paar Giuseppe-Adelaide zu hinterlassen, das mittlerweile doppelt-gemoppelt ehelich verbunden war: Zivil, 1910, und dann überdies kirchlich) zu revidieren, entgegenwirkten, diese neuen Umstände waren gereift und in die Realität der allgemeinen Erkenntnis gefallen, jener Erkenntnis oder Bewußtheit, welche gewisse Philosophen eben das »Reale« nennen, um es zu unterscheiden vom Schwanz ihrer privaten Phantastereien (als wollten sie ihm ein blasses Bürgerrecht zugestehen »dans le domaine de l'esprit«,) waren gefallen, gefallen, sich lösend, wie harte Birnen vom Ursprungsbaum einer vorhergehenden Unschlüssigkeit, welche man »das Mögliche« nennt. Solcherart schwillt schillernd der Wassertropfen an, und rundet sich allgemach zu seiner wachsenden Schwere am Rande der Dachrinne: und es kommt schließlich der Moment, tack, wo er sich plötzlich loslöst: und in dem kurzen Augenblick seines Abstürzens identifiziert er sich mit sich selbst, erringt den Namen Wassertropfen, denn sogar Berkley nennt ihn Wassertropfen: wird für zwei Sekunden, ehe er im Nacken eines schaudernden Fußgängers auf dem Bürgersteig landet, Teil einer weitgespannten Gewißheit: der Gewißheit des von Gott orchestrierten, historischen »Realen«, historisiert von Hegel, salbungsvoll erhöht von Carlyle. Er, der Wassertropfen, kaum daß er von der Geschichtsdialektik erfaßt ist, oder vom Nackenwirbel des Vorübereilenden, verdampft auf der Stelle: wie die Substanz des Marquis de Château Flambé im dialektischen Schmortopf von 1792.

Mit dem zuverlässigen Wahrzeichen einer Weissagung brachten diese bereits vorgefallenen und nunmehr im Register der allgemeinen Erkenntnis verzeichneten Tatsachen, unter dem befruchtenden Blick des Beniamino, ein neues »Mögliches« ans Licht: also eine neue Möglichkeit, die Penunze zusammenzuhalten, einen neuen Schutz-

mantel über die Schultern der Penunze zu werfen, immer zu dem Zwecke, deren künftige Einheit den Künftigen zu garantieren. Diese Künftigen zu regelmäßig strophenartiger Abfolge im Zeitablauf oder in der Reihenfolge biologischer Abkunft zu ordnen, war nunmehr für das Erkenntnissystem des Beniamino unerläßlich: jenem System also, das ihm gestattete, sich eine Zukunft der »Substanz« vorzustellen, den Millionen eine Zukunft zu bescheren: alldieweil ohne die zukünftigen Zweibeiner auch die zukünftigen Millionen nicht denkbar waren. Ohne die Pfähle zu konzipieren, kann man auch den Weinberg nicht konzipieren. Falls ihm das Konzept eines erbnehmenden biologischen Ich abhanden käme, würde sich auch das Konzept der erblichen oder zu ererbenden »Substanz« verdünnisieren und auflösen wie Nebel in der ersten Gebirgssonne. Mit vergleichbarem und im übrigen widersprüchlichem Herzweh jammert oder weint der schwerschuftende Bauer über seine Nachkommenschaft, wenn er keine hat oder wenn sie sinnlos gefallen ist: denn jenseits der beackterten Scholle und der Nebelschwaden sieht er niemanden, der seine Felder ackern könnte, an einem verzweifelten Morgen.
Nachdem Beniamino nach dem kategorischen Einspruch des Notars Geheimrat Barlingozzi jede Lust vergangen war, die von ihm für möglich gehaltene dichotomische Urkunde ins »Reale« zu überführen, eröffnete sich ihm eine neue »Lösung«, zuerst in der Form eines noch ungewissen Phantasiegebildes. Es erschien ihm zuerst in einem Traum, wie der pfeilschießende Amor dem Poeten; und aus nebulöser Gestalt verdichtete sich allmählich eine Idee, eine klare Idee: nicht mehr die einer schlecht ausgedachten Disjunktion, sondern einer ehelichen Konjunktion: die einer zweiten, genau zu überdenkenden Paarung zum Zweck der Erhaltung der Familien-Sache, jener »res«, die eben dem »Realen« den Namen verleiht. (Aber die »realen Carabinieri« stammen hingegen in ihrer Bezeichnung von »rex« ab, von »regieren«.)
Die Penunze würde es doch noch einmal schaffen, sich als unteilbar zu erweisen: wie ein literarischer Ehren-

preis im künftigen Jahr 1957. Schimmernd von der bedachtsamen Gedankenarbeit des Onkels und ins »Reale« herabgetropft, lagen zwei Tatsachen vor. Erstens: Luciano Golliati, der Sohn von Adelaide und derem ersten Gatten (dem betrauerten Cesare Golliati) war, zu der Zeit des Verlobungsfestes der Mutter mit dem Hauptmann Giuseppe, ein langbehoster Sechzehn- bis Achtzehnjähriger. Dem Internat entgangen und beherbergt im neuen Heim, reifte er zum Zwanzigjährigen, Zweiundzwanzigjährigen heran, also zu einem fast erwachsenen jungen Manne. Von seiten der verwitweten Mutter hatte seine Pubertätszeit, die alle »ein schwieriges Alter« nennen, immerhin Trost und Beistand gefunden, zwar weniger durch das sehr baufällige Vorstadthäuschen, das, hypothekenüberlastet, von der Cooperativa Edilizia Funzionari Finanza, C.E.F.F., hochgezogen und das ihm vom Vater, Konservator (zwei Jahre vor seinem Ableben) der Königlichen Hypothekenbank hinterlassen worden war (die Nutznießung, das heißt, die Amortisierung der Hypotheken, jedoch der verwitweten Mutter), als vielmehr durch ihre energische Fähigkeit, »überschüssige Räume auszunutzen« in diesem überschüssigen, wenn auch höchst baufälligen Vogelkäfig und denselben mit »Gästen« zu füllen, wenn auch leicht grünlichen und abgezehrten. »Dies Haus ist eine Pension«, sagte sie mit einem leonardohaften Lächeln: »Meine Art ist ein familiärer Umgang; hier fühlt man sich wie zu Hause«: und wenn sie den Gast mit scharfem Blick geprüft hatte: »Es gibt auch einen Garten« und öffnete das Fenster: »mit einer Sofaschaukel – das ist bei schönem Wetter eine Pracht! So was von Frische und Kühle!« In diesem Moment schneite es gerade: und die Sofaschaukel sah, mies und muckig, ganz so aus wie eine artritische Bulldogge, die den ganzen Garten einnahm, als wär das Ganze nur ihr Hundekorb.

Einer der Charakterzüge des Fünfzehnjährigen war sein Hang, »Arithmetik zu studieren«, eine Wissenschaft, die sich ihm, wie im übrigen auch die anderen, weitgehend verschloß, und zwar auf dem gegen die Wand gestellten Tischchen, das zu einem guten Drittel vom Radiokasten verstellt war, während das Gerät auf Schmalzmusikprogramm lief, welchselbige Programme die Macht hatten, in ihm Rührung hervorzulocken, in seinen Träumen die Wellenbewegung gewisser Phantasiebilder herbeizuzaubern, mit geschmeidiger Gangart und minimalem Zendelflor und ätherischen Schleiern, die sich im Takt mit ihnen wiegen: diese elysische Bewegung von Bembergstrümpfen, von Strumpfgürteln, von Seidenhöschen, von Federflaum, von Tanzschritten eines Typs (von damals), der leicht oszillierte und den er später, allmählich, sich selber ausführen sah, als tadelloser Tänzer, als von den Schönen beklatschter Preis-Corà-go: als jene Art Super-Tanz-Amor, in der er, er, er! im Mittelpunkt stand, beneidet von den Nachahmern, und in dem auch die langweiligsten Hilfssätze, die kategorischsten Hauptsätze der arithmetischen Disziplin Schiffbruch erlitten. Ein zweiter Charakterzug war der, sich in ewiger Hockestellung im zweiten technischen Jahrgang, heute würde man sagen, Berufsschuljahr zu halten, das er schon seit drei Jahren »repetierte«. »Die körperliche Entwicklung dieses Jungen war zu rapide«: das sagte, als klinische Feststellung, seine Mutter, in halb bekümmertem, halb bewunderndem Tonfall; später im Ton der Verteidigung. Im Sohn hätte sie gern ihre eigenen Anlagen rühmen wollen, als geborene Denkerin und Rechnerin der Vernunft, so könnte man sagen, und überdies die unvergleichlichen Fähigkeiten seines Vaters, dem blitzartigen Kalkulator, »der kaum hinschauen mußte, um gleich spitzzukriegen, ob auf den Hypothekenbriefen auch alle Steuermarken geklebt waren, die's braucht, so schnell war er im Kopfrechnen«. Ein dritter Charakterzug des Luciano bestand darin, in den Momenten der quälendsten Arithmetika oder der verwirrendsten »Liebe, ach, was soll mein Herz . . .«, mit dem Fingerlein in den verborgensten Höhlungen des einen und des anderen Nasenlochs zu forschen und daraus Auspizien und Horoskope für neue und immer geschmeidigere Nummern des Radio-Varietés zu ziehen, wenn nicht für neue und immer lausigere Wurzelrechnungen: Horoskope, die er nach gewissenhafter Behandlung, etwa wie ein homöopathischer Apotheker, mit ins Unendliche gerichtetem Blick, in eine abstrakte Dimension des Raumes schoß, die, vielleicht, von der imaginären Komponente der Hamiltonschen Quaternionen erreicht werden konnte. Weitere Charaktereigenschaft des Jünglings: bei Tisch hereinzurasseln wie ein Meteorstein, schweigend, um nach beschleunigtem Kauen, unter dem ein wenig verächtlichen und nach und nach unbehaglichen Blick der Erzeugerin Adelaide und dem teils neidischen, teils verwunderten der beiden Pensionäre (welche sich zwangsläufig mit etwa der halben Portion begnügt hatten), gewisse Spaghettiknäuel, die die Speiseröhre eines Pferdes verstopft hätten, in sich hineinzuschlingen. Es waren dies Gabeln voller Fadennudeln mit ebenso blaßrosa Tomatensauce, aber mit sehr viel mehr Öl als die ihren: jene Gabelladungen, bei denen die Reformatoren Englands in ihrer jahrhundertelangen antipapistischen Polemik eine Viertelstunde lang brauchten, um nur eine davon aufzuwickeln. Fünfter Charakterzug: plötzlich vom Stuhl aufzuspringen, sich ex abrupto, nach Verschlingen der Nudeln, vom Tisch zu entfernen wie unterm Zwang unausweichlicher Notwendigkeit: indem er Serviette, den leeren Teller und die Gabel der Mutter unter die Nase pflanzte, und den beiden Pensionären, den Ärmsten, die unter grauen Mähnen gerade erst anhuben, sich die Schnurrbärte zu putzen, traurig wie zwei Kater vor dem leeren und geleckten Teller.

Der sechste: er betraf den Umgang mit den hydraulischen Anlagen des vorerwähnten kooperativen Häuschens: wer dies hier liest, möchte darüber nichts lesen, dieserhalb sei angeraten: glissons, n'appuyons point: der Schreiber dieses wird daher mit geschlossenen Beinen drüberspringen. Siebter Charakterzug: nämlich ein Familienbrauch, hin und wieder: klammheimlich, nach vorsorglichem Flüstern ins Ohr der Mutter Adelaide persönlich, ein weißes Abendhemd des einen oder des anderen Pensionärs anzuziehen, um zu einem Halbfastenfest zu gehen, oder zur Taufe eines neugeborenen Vetters fünften Grades: Tauffest, bei dem »man nicht fehlen durfte« in Anbetracht der Aussicht auf nachfolgende Jause, »bei der es höchst unhöflich wäre, nicht zu erscheinen« (also sowohl zur Taufe wie zur Jause). »Die Tante Battisti könnte sonst beleidigt sein. Sie ist so empfindlich!« Es geschah, eines Samstags, daß einer der beiden durch die familiäre Behandlung Überernährten bei der periodischen Durchsicht der Wäscheausstattung bemerkte, daß in der Schublade ein weißes Hemd fehlte, ohne Zweifel nicht da war, oh, jawohl, das vierte: und daß er mit der ihm eigenen Vorsicht und Höflichkeit die Signora danach fragte. Die Wäscheausstattung hatte schon seit den ersten Tagen seine Person, sowohl in Aussehen wie in der Art, sich zu geben, die zurückhaltend und ziemlich dürftig war, in seltsamer Weise überrepräsentiert. Es war dies vielleicht eine Kapitalrücklage, die er aus seinem heimatlichen Bagno a Ripoli mitgebracht hatte: oder eine Vorsorge für die kommenden Jahre. Und diese Fülle von »Zukunftswäsche« hatte Adelaide in Versuchung gebracht. Vier Hemden für den Buchhalter, der Rentner und vielleicht der Liebe schon entrückt war. Und nicht eines für meinen Luciano!, »den ich schon kaum noch am Zügel halten kann«. Bei der Frage des Gastes, die so vorsichtig, so ehrerbietig war, erbleichte Adelaide. Dann, vor der geöffneten Schublade, errötete sie vor Wut. »Aber da sind sie doch, Ihre weißen Hemden! Können Sie denn nicht sehen?« Die drei weißen Hemden waren »da« und er »konnte sie sehen«. Aber er sah ihrer drei: während in den Statistiken des unfehlbaren Gedächtnisses eine »vier« verzeichnet war. Worauf hingegen die Adelaide schloß: »Das wird die Wäscherin vergessen haben. Sie wird's mit dem Wäschesack vom Pizzigotti verwechselt haben, weil die ja immer was verwechselt. Sie werden schon sehen, daß es zum Vorschein kommt. Warten wir zwei Wochen, am Donnerstag sag ich's ihr. Und am nächsten Donnerstag wird sie's mir sicher bringen, wenn sie's gefunden hat, denn die Wäscherinnen sind sehr gewissenhafte Leute.

Beruhigen Sie sich derweil. In meinem Haus ist nie auch nur eine Stecknadel verschwunden.« Und sie ging, erhobenen Hauptes, hinaus, rot wie ein Krebs. Der gewissenhafte Bagno a Ripoli wollte, mit der gewohnten Genauigkeit und Liebenswürdigkeit erwidern, daß er nie auch nur daran gedacht habe, es anzuziehen, nein, nie, das vierte Hemd von den vier weißen Hemden, weil er das aprikosenrosane Hemd benützt habe, und das mit den meergrünen Streifen und das blaßblaue. Aber er dachte, daß er besser dran täte, es zu schlucken und sich Zeit zu lassen, wie es die Hausherrin vorgeschlagen hatte. Und er tat gut daran: alldieweil am 21. März, bei der vielbesungenen und ebenso imaginären Rückkehr der ersten Schwalben – am Tag des Heiligen Benedikt – das Hemd, gewaschen und gebügelt, schneeweiß, wieder zum Vorschein kam. Sankt-Benedikten-Tag / das Hemde auf dem Bette lag. Es blieb das Geheimnis seines provisorischen Verschwindens: und Adelaide bemühte sich nicht, es aufzuklären: »Na, was denn! Das spindeldürre Männchen! Bei dem bißchen Miete ...«

VI

Das gleichzeitige Bestehen einer gewissen Anzahl von Tatsachen bringt mit kombinatorischer Wirkung andere Tatsachen zur Reifung, deren Summe wir als eine logische Folge der ersteren werten, und der wir den Namen Schicksal verleihen, indem wir sie als bindende oder normative Verkündigung, prophetischem Munde entsprungen interpretieren. Während das Häuschen des Rechenmeisters Golliati es schaffte, sich unter den Augen des quasi-ingenieurhaften Besitzers und Erfinders – »manchmal weiß er gar nicht mehr, ob er nicht Ingenieur ist« – aufzurichten und ein von Hypotheken verstärktes Dach zu erhalten, tropfte in den verborgenen Höhlen der Zeit, langsam sich zum Stalagmiten-Stalagtiten und schließlich zu einer hochroten Stange verwandelnd, die andere der beiden besagten Tatsachen hernieder, die vom Onkel bereits langsam vorgekäut worden war: daß nämlich der fröhliche, wenn nicht liederliche Venarvaghi Saltacavallo von den Novara-Ulanen, in Vorkriegstagen auf unbefristete Zeit beurlaubte Hauptmann, dieser Giuseppe, bereits als Verlobter und demnächstiger zweiter Gatte der Adelaide Carpioni, der Witwe des genannten Rechenmeisters Gollitati, Cesare, ein jugendliches Abenteuer »gehabt« hatte, das schätzenswerter gewesen war als seine anderen. Und dieses Abenteuer oder diese Jugendsünde, von Küßchen zur Zänkerei und von Zänkerei zum Tränenausbruch und zu immer wieder herstellbarem Frou-Frou, hatte sich dann ausgewachsen und Jahre und Jahre hingezogen zu einer Liaison, die man jedoch eher eine Vorzugsstellung nennen könnte, welche Clelia de' Marineri dem Hauptmann, nach jedem anderen Zwischenspiel oder Einschiebsel, einräumte: (welches die Langeweile der kopulatorischen Gewohnheit in ihre beinah pflichtgemäßen Beziehungen hineinbrachte). Diese Liaison, die aus lauter Sich-Los-Reißen und Wieder-Anpappen bestand, aus abwechselnden Liebestelephonaten und Nelkensträußchen, Schneiderrechnungen und von den Nachbarn wahrgenommenen Zänkereien, Pfandscheinen und Marrons glacés, hatte sich in ihrem langsamen Wandel zu einer Collage perfektioniert, auch diese von Sturzwellen überspült, zwischen dem Hauptmann Venarvaghi Saltacavallo und der sogenannten Signorina de' Marineri, Künstlername Loulou des Roses. Einige Streitgespräche, auch diese nicht frei von Schimpfworten und Wiederannäherungen, hatten ihre Wurzel im Mittelalterlichen und Heraldischen: der Hauptmann hatte in einem Billett, oder als er Mitte Juni, was die Saison der Rosen ist, ein Rosen-Bouquet schickte, in der Eile des Geschäfts vergessen, das »de'« der »de' Marineri« klein zu schreiben und mit dem gebührenden Anführungsstrichlein zu versehen. Das großgeschriebene De ohne Strichlein entfesselte Clelia zu einer wahren Teufelin. Vor allem wenn sie mit jenem Flüsterton sprach, der ihr im Theater Corbetta die

Beifallspfiffe, das allgemeine Jubelgegröhle eingebracht hatte.
Als die Wogen der Collage noch, begleitet von einigen fliegenden Untertassen, tosend auf die abgenutzte Klippe der Ex-Liaison niederschlugen, im Sichhinziehen oder vielmehr ständigen Sicherneuern einer langen Vakanz des »körperlichen Kontakts« zwischen den beiden, – eine Vakanz, welche die vierzehn Monate des fehlenden oder vielmehr des nie stattgefundenen Kontakts zwischen dem Grafen Pietro Manzoni und der Gräfin Giulia Manzoni, geborene Marchesa Beccaria, in Erwartung der Geburt des kleinen Alessandro nachzuahmen schien – hörte man eines schönen Morgens in der Via Gezzi Nummero acht, und später kriegte man's nicht mehr zu hören, weil das Kleine ... »zur Amme weggegeben« worden war, nach Casteletto am Ticino, mit nur einem l, hörte man das Quäken eines Kindes, das ans Licht der Welt, oder vielmehr in den Schatten oder Halbschatten der Gezzi-Straße gelangt war: plötzlich, um sechs Uhr fünfundvierzig, wahrgenommen von den entsetzten Hausbewohnern, nach zwei Monaten des Schweigens. Ein Schweigen, wie man später begriff, das schwanger war von Erwartung: das heißt, im Vollzug einer Schwangerschaft hinter Schloß und Riegel. Empfangen wurde dies Geschöpf, als Tochter der Signorina Clelia, in einem stillen Prozeß von selbsttätiger Keimung oder gar Parthenogese: und klammheimlich tags darauf im Hause getauft und stillschweigend ins Geburtsregister eingetragen als Teresita, Tochter der de' Marineri, Clelia und Unbekannt.
Der Geist, oder vielmehr die jugendlichen Geister der Clelia hatten ganz ähnlich dem der Gräfin Giulia frisches lombardisches Blut und ebenso frisches spanisches in den Adern. So vermochte Clelia de' Marineri (und nicht Venarvaghi), ebensowenig wie die Gräfin Giulia Manzoni de' Beccari für ihren kleinen Lissandrino, vor sich selber und noch weniger vor den anderen entscheiden und kundtun, welcher nun der wahrscheinlichste physische Urheber ihres »Schätzchens Teresita« sei: des

großen Geschenkes also, das der Herr ihr beschert hatte, fast als wolle er sie entschädigen für soviel Kummer und Leiden! Zum Einwohnermeldeamt sandte die gebieterische Wöchnerin jedenfalls den Grafen Giuseppe, »er ist ein Mann, der sich durchsetzt«, mit dem Portier und dem Mietskutscher von der Ecke als Zeugen: so fuhren sie denn alle drei mit der Kalesche vor: aber es genügten zum Glück zwei Zeugen: das Pferd konnte man in der Via Restelli nicht gut allein stehen lassen. Und indem das Geschenk Gott dem Herrn zugeschrieben wurde, ging alles in Ordnung. Dank solcher Mutmaßung, die nunmehr Gewißheit geworden war, beruhigte sich Clelia nach und nach. Sie konnte und wollte nicht annehmen, daß Gott ihr den Streich gespielt habe, ihr eine Mutterschaft zu gewähren, die nicht das Verdienst und Werk »ihres« Giuseppe sei. Während des ganzen rosigen und flatternden Wochenbettes, als sie ihrer Genesung entgegenging, und den jovialen und korpulenten Mann mit süßen Dankestränen umarmte, den sie zwischen Spitzen und Schluchzern ohne jedes Zögern als »meinen Giuseppe« zu bezeichnen gelernt hatte, schien derselbige manchmal ein wenig perplex, ein wenig nachdenklich. Die Amme in Casteletto hatte reichlich überschüssige Milch für das Pflegetöchterchen, sowie für ihr eigenes Söhnchen: das seinerseits Giuseppe genannt wurde: und hätte überdies noch ein Kalb säugen können. Ein Ticino, vielmehr zwei Ticino-Flüsse von Milch entsprangen ihren milchführenden Bahnen, welche der Geburtshelfer ein wenig grobschlächtig »die appetitlichen Milchleiter« nannte: und auch die Hebamme selber, Signora Garibalda Lanzavecchia, tat es ihm nach, mit leicht lehrhaftem Eifer. Na! Giuseppe Venarvaghi war unschlüssig. Er erschloß sich der Portiersfrau, und beriet sich mit ihr, einer erfahrenen Person, vor allem in gewissen Sachen. Er wand sich in seinem Herzen, aber wußte selber nicht, weshalb: ob aus Freude darüber, Vater zu sein, wie es ihm, alles in allem, als wahrscheinlich deuchte, oder aus Scham und Ärger darüber, daß man ihm Hörner aufgesetzt habe, was ihm schließlich auch nicht ganz unmöglich erschien. Die Portiersfrau, durch angemessene Börsenöffnung dazu verlockt, wie schon so oft, sich offen auszudrücken, zu schwören, versicherte und garantierte (in Worten): sie schwor. Vor zirka neun Monaten (einen Tag mehr oder weniger) vor dem freudigen Ereignis, wie sie es betitelte – waren das denn nicht die glücklichsten Tage gewesen, für ihn und für die Signorina? Als sie diesen wundervollen Ausflug nach Menaggio unternommen hatten, wo sie mit einem Strauß Azaleen, der der reinste Wald war, zurückkam, aus Menaggio, »erinnern Sie sich nicht? Ein Ort, wo ich auch hin möchte bevor ich sterbe, um wenigstens zu sehen, wie es da ausschaut«. »Ah, ja, das stimmt: recht haben Sie: das hätt ich fast vergessen... Menaggio!«, seufzte er wie Adam beim Gedanken ans verlorene Paradies. »Nun, so ungefähr die Zeit vor neun Monaten.« »So ungefähr?« »Ja, ungefähr.« Nun, in jenen Tagen, das würde sie ihm auf den Kopf ihres Sohnes schwören (ein Sprößling, dieser Sohn der Portiersfrau, von den Blödesten einer), da hatte man keinen die Treppen hochgehen gesehen, »außer ihnen.« »Ihnen, wer?« flammte es aus den Augäpfeln des ältlichen Leutnants der Novara-Ulanen, unter den angemessenen Brauen, über silbergrauer Krawatte und dem grauen Maßanzug. »Ihnen!« (im Dialekt meinte man damit das »Sie«). »Ihnen, der hier vor meinen Augen steht! Und merken Sie denn nicht, wie ähnlich es Ihnen ist?« »Wem ähnlich?« »Ihnen, Herr Leutnant!« Der Quasi-Hauptmann Venarvaghi verfluchte in seinem Herzen den verfluchten Dialekt der Portiersfrau, wo »sie« und »ihnen« in der Einzahl und Mehrzahl, vor der Sprachreform des Barbanera, alles eins war. »Sie, ihnen, ihm, Sie: man weiß einfach nicht, was gemeint ist«, und er ging, brabbelnd vor Wut, vor Freude: sicher und unsicher, beruhigt und verwirrt, als garantierter Vater, aber nicht unwahrscheinlicher Vize-Vater. Für Clelia de' Marineri, Loulou des Roses hatte er, nachdem er vier Tausenderscheinen, gesetzt auf den Favoriten Rampone, Lebwohl gesagt hatte – das Pferd in der halben Kurve von Lorenteggio beim Sturz gestaucht, nasses

Terrain, Jockey erkältet – und weiteren Tausendern, gesetzt auf sein eigenes halbes Pferd, das sich in einem Graben am Viale Monte Rosa überkugelt hatte; für Clelia, für das Kind, hatte Giuseppe das Menschenmögliche getan. Wohlgemerkt, angesichts der beleidigten Schnute des Onkels Beniamino war sein Menschenmögliches nicht großartig. Die mageren Zeiten trafen ausgerechnet in eine regelrechte Dürre; Schicksal! würde man sagen, nämlich jedesmal, wenn der Onkel einen ... Seitensprung ... des galoppierenden Neffen in Erfahrung brachte: wenn ein Pferd lahmte, aber auch ein falscher Smaragd einer finnischen Tänzerin geschenkt wurde, des weiteren: ein nicht unentbehrlicher Ausflug an einen Badeort, ausgeführt mitsamt ihrer, nein, mitsamt sie, und vollklimatisiert mit Extra-Anlage: eines Roulette: für alle beide. Es war in jenen Momenten, und er erfuhr es sogleich nachdem er vom Kindesweinen der Teresita erfahren hatte, daß der Onkel dann zuzog, und wahrscheinlich zog er diesmal noch ärger, nämlich an den unheilvollen Schnüren seines Geldbeutels. Dieses Vieh von einem Onkel! Die Zuschüsse, alle zwei Monate, ungefähr, und als solche sehr kärglich, kamen, oder waren gekommen, bei dieser Gelegenheit, ohne weitere Begründung, in sehr verkürzter Höhe. Ein andermal, später, erlitten sie über einen Monat Verzögerung, oder wurden über zwei Monate lang zurückgehalten. Nicht weniger vorausblickend als vorsorglich, hatte der Onkel sich sogleich den Fall, die Fälle zunutze gemacht, im Flug erhascht, könnte man sagen: hatte jedesmal ausgeklügelterweise die gefährliche rechnerische Verbildlichung eines Monatswechsels durchbrochen, höchst willkürlich, und eine Phasenverschiebung herbeigeführt zwischen der Übergabe oder Gabe des Kuverts oder inneliegenden Kreditblatts und der methodischen Wiederkehr oder Fälligkeit oder der biederen Mahnung des Kalenders: jenem Siebenundzwanzigsten oder Dreißigsten oder Einunddreißigsten, welche als Stützpfeiler einer Reihe von Bögen (der Umlaufbahn) auf dem unaufschiebbaren Rade der Zeit erschienen: der buchhalterisch dahinfließenden Zeit.

Und dies, soviel war klar, um sich die Freiheit offenzuhalten, zu geben oder nicht zu geben, mehr zu geben oder weniger zu geben, je nach den Beschlüssen oder den Dekreten, zu denen jeweils sein ethisches Bewußtsein (aus antiker und profunder Quelle schöpfend) gelangte, mit Hilfe der isochronen Pendelbewegung des zweispitzigen Bartes und des Hin-und-Zurück des Halses: eine urteilende, auswägende Güte-Strenge: Lob oder Strafe.
Ja. Beim ersten Quäken der Teresita wurde das Kuvert, und es war auch was drin, man fühlte es mit den Fingerkuppen, wurde das Kuvert ihm, dem Giuseppe, entboten, mit einem Gesicht! und diesem Nein-nein-Ba-ba-des Bartes und der Augen und des beniaminischen Riesenschädels, die, alle zusammen und im Verein, danach aussahen, daß sie ihm nichts Gutes – oder nichts Besseres verhießen und erhoffen ließen – als das Übliche. Als er es jedoch geöffnet hatte, flog ein Schmetterling hervor mit einem schönen Dreierloch (Dreitausend), statt des sündenlosen Hemeridenfalters mit einem Fünferloch (Fünftausend). Das »zahlbar« zahlte an jenem Tag nur eine Enttäuschung. Beinahe zahlte es noch ein Schimpfwort, eines von seinen besonderen, an die Adresse des Spenders. »Als Belohnung dafür, daß ich ...« Giuseppe sagte beinah »Vater bin«, aber die Ungewißheit spülte wieder hoch, der Zweifel strömte über die Deiche der Seele. Sollte dieses ... Vieh von einem Onkel recht damit haben, daß er auf Dreitausend gekürzt hatte? Wenn er, statt sich Vater zu nennen, Er, ja, er selber, Venarvaghi Giuseppe, Leutnant der Ulanen von Novara, vielleicht nur bei der Ziehung das Geschenk des Herrn als Zuschlag bekommen hätte?
»Von diesem Vieh will ich nichts mehr wissen«, schrie seinerseits der Onkel in der Via San Brigidino drei, indem er beim fünften Vers die Lektüre jenes Dichterwerkes unterbrach, das auf ihn jedesmal so erhebend wirkte, und bei dem er daher Trost suchte, wann immer die Bedrängnisse des Daseins ihm die Seele vergällten. Eine Art von Zuckung, diesmal Vorbote einer epileptischen Entladung:

»... mehr für mich der Erde befruchte nicht
dieses schöne Gras der Familien und Tiere ...«

Und dies war, in der weiten Unendlichkeit des Möglichen, dies war die einzige Zäsur, welche, für den Bruchteil einer Sekunde, das isochronische Hin-und-Her der beiden Spitzen des goldenen Bartes zu unterbrechen und aufzustören vermochte. Gold vom Tabak. Er zürnte diesmal dem Poeten, dem vergötterten Niccolò. Warf das Büchlein auf das arabische Intarsientischchen. Mit solcher Entrüstung, daß das Büchlein (aus der Serie »Diamanti« von Barbera) im Schwung über die achteckige Fläche des Arabers hinausschlidderte und statt dessen auf den Perser fiel: (den Teppich). Der Reimeverzapfer, um die Wahrheit zu sagen, hatte ihn immer in Verlegenheit gebracht und auch etwas enerviert mit seinem »mehr«, auf das nach sechs Silben das »nicht« folgte, welches für ihn, Beniamino, Industrieunternehmer aus Busto, absolut unerwartet kam: schon seit der ersten jungfräulichen Lektüre, die er ein wenig aufs Geradewohl unternommen hatte, vor achtundvierzig Jahren. Das »mehr« war ihm damals vorgekommen, also bevor er ans »nicht« gelangte, war ihm als syntaktisch gesucht erschienen: ein aufblähend-hervorhebendes Wahlwort: in dem Sinne, daß er auf Besseres hoffen durfte, nicht auf Schlechteres oder aufs Nichts: als wenn man unseren Glauben an das Morgen etwa mit folgendem Rezitat kitzeln wollte:

... da mehr die Sonne
für mich befruchtet die Erde dieses
schöne Gras der Familien und Tiere,
der säuischen, mir gäbe die einzige Nachkommenschaft
zum zu vererbenden Kapitale,
ohne, daß ich aufbrechen es müßte in drei Strünke.

Aber eine derartige Erwartung wurde, immer aufs Neue, vom Original enttäuscht. Welchselbiges Original jedesmal offenbar zu verstehen gab, daß »da«, entgegen jeder vernunftvollen Annahme, ein Zeitwort ist und demnach einem »alldieweil« gleichkommt. Oder etwa, wenn es euch recht ist, der Vordersatz einer gleichzeitigen, leider! hypothetischen Proposition ist: leider, alldieweil es bereits damals eine Apodosis war, und daher der Ausbruch in eine mehr oder weniger ferne Zukunft des hypothetisierenden Subjekts: eine Apodosis, die nicht verfehlte, einzutreten, in der realen Unumkehrbarkeit der Zeit. Eine dergestaltige Apodosis, selbst wenn sie von den zartesten Hoffnungen der Seele »in longiorem diem« umgestoßen wurde, war genau die, welche für den heimatvertriebenen Dichter den Schicksalstag beschleunigte, im Alter seiner neunundvierzig Jahre, den 10. September 1827, mittels einer gemeinhin sogenannten Leberzirrhose oder auch Zirrhose Laënnec, da sie ja das adelige »de« auch ihm abgesprochen hatten. Ein glorreicher und trostloser Tod mit der Floriana, die dürr und trocken war wie alle Frauen des Hauses Foscolo, in Tränen gebadet nur bei der Idee, auf immer verlassen zu werden: bei der Idee also, einen solchen Vater zu verlieren! Der Poet war drauf und dran, die Augen zu schließen im Schlaf des Todes, der weniger schwer ist, aber schwer immerhin, alldieweil ja alle mehr oder weniger schwer und doch schwer und schwerstens schlafen, wenn es sich um das feine Nickerchen in der Urne handelt. Der Poet war am Verlöschen, er träumte: und sein Traum flog, flog auf den Flügeln des Zephir des Jonischen Meeres, dorthin, dorthin, wo der Geist der Sappho zu schweifen gewillt gewesen, ohne Hemd, nackter Geist, entlang den dunklen Klippen der Ewigkeit. Nach dem Umzug von der heimatlichen Insel, die zwar nicht ganz zu den jonischen zählte, aber das war nicht so wichtig. Er träumte, auf Zante eine Villa zu errichten, eine dritte und oh! so glanzvolle, ja, nach den zweien, der kimbrischen und der britischen: eine Villa, oh! mit einem Kryptoporticus, ja, ja, mit dem Geld einer weiteren Kryptoschwiegermutter, die ihrerseits verstorben sein würde, mittlerweile. Er träumte nunmehr, ja, unter den Oliven und Oleandern von Zante, Oh! und unter den Zypressen mit den unsterblichen Wipfeln und Schatten, ja, ja, dort, dort, am Strande jenes Meeres, wo noch seine Wiege schaukelte, wie die Muschel einer etwas haarigen Venus, und auf männliche Art frei von den Verpflichtungen der Göttin. Und auf Zante, so träumte er, würde er zu Ehren der Pallas eine Buchhandlung eröffnen, oh! ja, wo die von den Badewannen der Karyten niederträufelnden Elfsilber, vom begierigen Volke ersehnt, erfaßt und rezitiert werden würden, vom Volk der Griechen, das sich an diesen Quellen auf ewig laben würde, im Reigentanz der Nymphen, aller Nymphen im Nymphäum, oh! während die Nymphen willig Milch boten, oh! oh! und manchem vorüberkommenden englischen Matrosen, oh! ja, dem würden sie's einträнken wie Rum, oh, ja, ja, ja, oh, ja, wie Rum! und von zwei Ex-Zöllnern von Chioggia mit Pfeife ohne Tabak, oh! ja ohne Tabak, und mit den Einnahmen aus Autorenrechten, mit großem, unsterblichem A, oh! ja, aus dem Verkauf eines solchen Gedichtes an einen solchen Erwerber, oh! ja, oh! würden sie noch viele Jahre leben, oh! oh! und schließlich, im Jahr 1881 sanft entschlafen, nach dem Abschluß einer Ode an den Befreier König Umberto durch den freien Mann Niccolò Ugo Macchiavello, oh! oh! soviele Namen ohne Trugschluß ... verlöschen in einem jenseitigen Elysium, während man sieht, wie die roten Schwerter des Abends verglühen, dort, dort, in den Himmeln Hesperiens ... und gleich darauf die Sappho besuchen gehen ... die Sappho ... jede Nacht, oh! jawoll, jede Nacht ... dort an den dunklen Klippen ... ... An diesem Punkt entbot der Onkel dem sterbenden Ugo Niccolò einen Gruß: dem Heimatvertriebenen im Todeskampf, dem Poeten. Indem er sich aus den Fängen des Grabes erhob, mit einer Geste äußersten Stolzes, hinterließ der Heimatvertriebene Poet der Floriana (der er die Mitgift von der Großmutter weggefressen hatte), fünfzig Lire, damit die Floriana, abgesehen von der Beerdigung, siebenundvierzig Lirchen Schulden begleiche. »So wird alles beglichen«. Die letzten Worte des Mannes, des Poeten. »Ein großer Mann«, brummte der Onkel, fast schon die

Schlinge um den Hals, »ein wahrhaft Großmütiger. Er hat den Sinn für Genauigkeit, für die Präzision der Buchführung. Geld ist Geld: die Rechnung muß auf den Centesimo aufgehen.« Man hatte ihm, dem Onkel, nie erzählt, daß der ausgewanderte Poet einige Millionen des Großmütterchens, die bereits der Tochter Floriana als Mitgift überschrieben waren, gegrabscht hatte, und noch weitere von Engländern und Engländerinnen, die darauf hereingefallen waren, um Villa und Villachen zu errichten: indem er die halbfertigen Mauern wiederverkaufte, um die Stichkarten einer Bande von Barbieren, Zuhältern und gestrandeten Seeleuten zu honorieren: mit denen er jede Nacht »einige vergnügliche Stunden verbrachte«, wie die Hagiographen sagen. »Alles wird beglichen! Aber das ist die Stimme der Bibel, des größten Buches, das je geschrieben wurde... Und ist überdies die Ernsthaftigkeit eines ehrlichen und gewissenhaften Menschen. Wie man sieht, die eines Poeten! Eines echten Poeten. Eines großen Poeten. Hier stehen wir auf Messers Schneide: zwischen der Bibel einerseits – und dem Diskontbüro der Bank Coen und Bartholdi andrerseits. Die Bilanz ist einwandfrei. Man kann erhobenen Hauptes in die jenseitige Welt hinübergehen.«
Dennoch, so grübelte der Onkel weiter, dennoch... wart ein Momentchen... Das »mehr« und das »nicht« ist – nicht weniger oder nicht mehr als das »mehr« untrennbar als negative Proposition, im Sinn des zwischengeschobenen Subjekts der Proposition selbst, während es trennbar ist, wart mal... mit Hilfe des Verbs ...das Gesetz der Grammatik ließ sich nicht leicht erfassen – »Aber nein! Im Sinn des ›mehr‹ zuerst, und des ›nicht‹ hernach, guck mal an! sie sind nicht mehr zu trennen... nicht mal mit Hilfe des Verbs!« Sodaß man also sagen kann »Die Sonne, die nicht mehr befruchte« oder auch »Mehr nicht befruchte die Sonne«, so daß ihm grad hier die erhoffte Regel frühlingshaft aufzukeimen schien, aber in keinem Falle konnte man etwa sagen, wenn man sich nicht auf Jahrtausende hinaus lächerlich machen wollte, »die Sonne mehr befruchte nicht«, also »befruch-

te mehr nicht die Sonne«: und auch nicht, wobei sich die Regel immer mehr verhedderte, »die mehr Sonne nicht befruchte«, und noch weniger, bei aller dichterischen Freiheit oder Freiheit der Lira, einer Riesenlira, wie die Sonne, »il Sol mi fa re la do si do – la re fa fa la mi fa re – no no si si fa fa do Sol« . . .

Vetter Frisör

Am Montag, den 5. Oktober 1915 veranlaßte ein Getrommel an der Tür die prachtvolle Zoraide, die, mit der Nadel beschäftigt, auf einem strohgeflochtenen Hokker saß, den Kopf zu heben und umzublicken. Sie saß dort in einer gewissen schlampigen und pikanten Weise, die ihren Bewunderern hätte das Wasser im Mund zusammenlaufen lassen; aber es war kein Mensch da.
Es wurde nochmals geklopft, als wolle man ein unbezweifelbares Zeichen von Willen und Kraft geben: und sie, nachdem sie geruhsam das Sticken gelassen und den Kopf nach hinten geworfen hatte, strich mit der Hand gewisse herunterhängende Strähnen der herrlichen Haare zurecht. Diese waren üppig und dicht, von einem gold- und kupferleuchtenden Blond: und die zuvorderst lagen, an Stirn und Handgelenk, wollten sich ihr über die Stikkerei ergießen, gedrängt von der stürmischen Fülle der anderen.
Sie erhob sich hurtig, und gelassen. »Nur mit der Ruhe«, sagte sie voller Ruhe und zugleich mit Festigkeit, als sie zur Haustür gelangte, die von Sperrketten, Kettchen, Riegeln und Bolzen starrte: sie führte auf den Altan.
»Wer ist da?«, fügte sie sogleich hinzu. »Es wird ja nicht die Polizei sein, die so trommelt.«
Und, als ob sie jemandem ihre Gemütsruhe beweisen wollte, pflanzte sie sich ihre Hände, mit den Handrücken nach außen, auf die Hüften, leicht nach vorn gebeugt, als spräche sie, streng und unbeugsam von oben herab zu einem frechen Knaben. Hände waren das, nackte Arme, zum Hineinbeißen, sofern man auf gewisse Jünglinge hätte hören wollen!
»Ich bin's, mach nur auf«, sagte von draußen eine Männerstimme.

Zoraide erkannte sie.
»Oh! Ich, ich – ich mache auf, wenn du dich etwas anständiger benimmst ... klopft man denn so an die Haustür bei den Leuten?«
»Die Klingel ist nicht gegangen ...«
»Das weiß ich. Also, lieber Gildo, vielleicht begreifst du, daß es hier keine gibt ... was willst du?«
»Ich muß mit dir reden. Mach mir auf.« Und die Stimme, die fest und sicher klingen wollte, verendete, man begriff es auch ohne es zu sehen, im täppischen und dümmlichen Rückzieherlächeln eines Schönlings.
»Gut, warte.«
Zoraide wandte sich zu einer Kommode, wo zwischen vielen nutzlosen Gegenständen ein Haufen Flickzeug ruhte und, worauf es ihr im Moment am meisten ankam, ein Spiegel. Sie strich sich mit erhöhter Aufmerksamkeit, mit tiefer Versenkung und langem Strähneln durch die Haare, die sie aufgelöst hatte, mit einem breiten Kamm, weißes Elfenbein, ein wenig fettig. Dann betrachtete sie sich mit Drehen und Wenden, zupfte sich zurecht, wischte einige Fädchen von der Stickarbeit fort, die sich hier und dort ans Gewand geheftet hatten, vor allem in jener Region ihrer Person, der eine blühende Üppigkeit die wunderbarsten Rundungen verliehen hatte, wie das zumindest die Spezialisten sahen. Der hämischste ihrer Gedanken war in diesem Augenblick, daß es ihr mitnichten gefallen hätte, wenn gewisse Finger unter dem Vorwand, diese Fädchen zu entfernen, etwa mit dem Tastsinn zur Begutachtung schritten, wo schon der Gesichtssinn zuviel war.
Aus diesem seit hundert Jahren beschädigten und gelbfleckigen Spiegel erstrahlte das weibliche Abbild der Zoraide wie aus wundervollen Romanzen: ein verspäteter D'Annunzio-Nachfolger hätte stehenden Fußes darüber ein triefendes Meisterwerk heruntergeschrieben.
In der Tat, bei diesem Sichzurechtzupfen war ihr Körper vom köstlichen und zugleich bewußten und gewollten Bild der Gelassenheit, dem sie sich mit leichtem Atmen beim Sticken überlassen hatte, zu einem Zug physischen

Stolzes übergegangen, der einen Hopliten hätte zum Erzittern bringen können.
Nachdem sie die Fersen geschlossen hatte, folgte in den Knöchelsehnen die Symmetrie der strumpfumspannten Beine, welchen wissende Muskeln bei jedem Beben Leben verliehen, und liebenden Beistand. Darüber ein kurzes Röckchen, kurz aus Armut, nicht wegen der Mode: und es machte auch kein Geheimnis aus dem, was es verbarg. Es waren die lebendigen Kausalsätze des Seins, vollendet ausgedrückt, die dem Schoß eine Krone der Wollust verleihen, in Erwartung, sich kundzutun: strahlend in den Farbtönen von Milch und Ambra, dachte man sich die geheimnisvolle Weichheit, welche die verborgene Libido und die malerische Meisterschaft des Alten immerhin zu erkennen vermocht hatten – für den Tastsinn – und beinahe auch zu entschleiern und aufzuzeichnen durch die Kunst. Von den Tannenwäldern und von den Eisbächen, im Wehen des Abends, zum Prunk des Dogen-Purpurs: und des Goldes.
Nicht vom Gürtel, einem umgenähten Leinenband, war das Gewand gehalten, sondern, wie eine Chlamys, von den Schultern und der Lebhaftigkeit der Brüste, daß man nicht begriff, ob sie Fleisch seien oder was sonst. Und die erhobenen Arme enthüllten die Achselhöhlen in den kurzen Ärmeln: die Linke, erhoben in der Anstrengung, die Masse der rötlichen und goldenen Mähne zu bändigen, die Rechte mit dem großen Kamm, der sich nun hineinbegab, lässig, wie ein bereits gesättigter Favorit. Die Achselhöhlen waren blond, von feinster Seide, wirr, wie ein perverses Spiel in zarten Zirruswölkchen dem Blick dargeboten. Wessen Blick?
Und aus dem blühenden Antlitz, ein wenig unregelmäßig das Kinn unter den vollen und leicht melodramatischen Lippen, die stilistisch zum übrigen im Kontrast zu stehen schienen, hatte sie den Blick in den Spiegel versenkt, zwei intensive Augen, strahlend von Gold und von Asche, unverschämt schweigsam und ruhig: die der Spiegel sich befleißigte, schonungslos wiederzugeben, erfaßt von einem Anfall von Zolahaftigkeit, Funktionär pein-

lich genauer Analyse, gewissenhafter Photograph der langen Wimpern und ihrer Liebesschatten: während, hätte es sich um einen Mann gehandelt, die Photographie katastrophal synthetisch ausgefallen wäre. Nein, die Frau mit dem Kamm mußte man erhaschen, ertappen: mit redlicher Absicht wäre da nichts zu machen gewesen.

Zoraide öffnete schließlich und trat entschlossen hinaus auf den Altan. Auf ihren Balkönchen, seitwärts und gegenüber, waren, in der lauen Sonne, wegen irgendwelcher Tätigkeiten bereits siebzehn Frauen, teils aufs Geländer gestützt oder an ihrer Tür, um hinaus- oder hineinzugehen, manche mit einem rostigen Messer mit verendetem Handgriff in Vasen herumstochernd oder in Kästen mit etwaigem Lauch oder mit Nelken, in der Absicht, diese dann zu gießen, um die Sache abzuschließen.

Sicherlich kümmerten sie sich um ihre eigenen Angelegenheiten. Vielleicht um einen traurigen Kanarienvogel oder um einen rotzigen Bengel. Und Mädchen, deren Ankunft von einer besonderen Ampel angekündigt wurde, welchselbe auch in Zoraide empfindlich und rasch funktionierte und die ein energisch zugreifender Schriftsteller »weiblichen Instinkt« nennen würde.

»Was willst du? Aber nächstes Mal könntest du dran denken, daß ich nicht taub bin«, sagte sie zu Gildo, indem sie alle Höflichkeitsfloskeln außer acht ließ. Und sie schaute ihn streng an, mit geschürzten Lippen, mit einer senkrechten Falte, unvermittelt und gerade, mitten auf der Stirn. Mit den Händen griff sie, als ob sie nicht wüßte, was sie damit anfangen sollte, nach dem Kettchen aus ärmlichem Silber, das sie am Hals trug, verwickelte darin das dünne Kreuzchen: so daß die beiden Unterarme und die Ellenbogen schützend über der Brust zu liegen kamen.

»Ist schon recht, ist schon recht«, sagte Gildo, ein wenig blaß und fast zittrig, und schluckte die Spucke, für deren Ausscheidung seine Ohrspeicheldrüsen während des langen Intervalls zwischen dem Klopfen und dem Sichöffnen der Tür reichlichst gesorgt hatten. Er hatte die eine

Hälfte des Mundes zu einer Art Lächeln verzerrt, wiegte mit gespielter Nonchalance das eine Bein, während er sich aufs andere nach hinten stützte, die Fäuste in den Taschen.

Er war ein Vetter des Ehemanns der Zoraide, mit amtlichem Namen Pescassinetti Spartaco, Sohn des Ermenegildo, kurz Gildo oder auch der »Kastanier« genannt.

Derweil es nämlich nicht ein einzigesmal gelungen war, ihn bei den »heißen Kastanien«* zu erwischen: weder war es einem Rivalen, einem Beschützer oder gar einem Ehemann gelungen, ihn mit einer Frau zu erwischen; noch war es den Finanzern, den Carabinieri oder der Polizeistreife, die sich in eines »ihrer« Kuddelmuddel verheddert hatten, das sich nun schon seit Monaten hinzog, vergönnt, ihn auf frischer Tat zu ertappen. Diese drei, alle im Verein, hatten bis zur Verzweiflung trübe Wasser um ihn herum aufzuwirbeln versucht: und hatten einen solchen Wirrwarr verursacht, daß sie, laut geläufiger Meinung der ganzen Pfarrei und des Betriebs Paolo Sarpi, nie jemanden zu fassen kriegen würden.

In dieses ewiglange Geschwafel also waren mit dem Korpsgeist der Finanzer, der Quästur und der Hochverdienten Waffe der Carabinieri, so meinte Gildo, indem er die »Gazzetta« nachplapperte, auch die westgotischsten, die allerkleinlichsten Spitzfindigkeiten des gesamten hochkomplizierten Repertoires miteingefädelt worden.

Sie hatten damit angefangen, vier nagelneue Fahrräder (Marke Stucchi, meinten die einen, Bianchi die anderen) aufs Tapet zu zerren, von denen sie mit Gewalt behaupteten, daß eines davon gegen fünf uralte, reifenlose, mit verbogenen Pedalen, von denen eins nicht mehr drehte, eingetauscht worden sei: das dann innerhalb von neun Tagen vierzehnmal den Besitzer gewechselt habe, in blitzartigem Zickzack, wie der Blitz auf den Gemälden hin- und herschießt, zwischen Usmate, Rho, Gorgonzola, Seregno, Pizzighettone, Bergamo und Vaprio d'Adda:

* prendere in castagua = ertappen (A. d. Ü.).

wo es, lauf, weißblaue Adda! seine Spur zu verwischen vermochte, auch vor den schlausten Spürhunden, die in den wohltätigen Nebeln des »man weiß nicht«, des »Miau-Miau« und »Faß ihn, Faß ihn!« versackten.
Ein zweites davon hatten sie auch auf dem Kieker, weil es zu einem »wahren Freundschaftspreis« einem »Sportler« verkauft worden war, der zufällig für die Quästur ein völlig unbeschriebenes Blatt war. Unter dessen Hintern es, als die Carabinieri zuerst Wind davon bekamen, bereits dem Rennen katastrophaler Junioren hinterhergaloppiert und bereits in einer recht tiefen Schlucht verschwunden war, nach einem Bordstein und einem Kurvenschild des »Touring« und einigen grauenhaften Sprüngen über die Hänge des Giovi-Passes.
Nachdem es den Reitersmann inmitten Dornen und Disteln abgeworfen hatte, war es dem Fahrrad gelungen, auf dem Grund der Schlucht anzulangen, wenn auch leicht gestaucht, vielmehr völlig verbogen: indem es den Augen der Talbewohner, die mit viel Puste und wenig Hoffnung herbeieilten, das Bild eines künstlerischen Lampenschirms darbot. Der ihnen aber wie eine Schraubenwinde vorkam.
Die beiden anderen, die Sporträder, neu lackiert, Sattel und Lenkstange ersetzt, weil sie als Rennräder vielleicht besser »zogen« – und es war Gildo selbst, der diese Hypothese vor der Quästur erläuterte –, waren in den Ausverkauf eines Strickwarenlagers verwickelt: dann verlor man sie aus den Augen: doch gerade dann gerieten sie der Finanz wieder zwischen die Beine, und zwar im Hinterraum einer Tabak- und Salztrafik, die einer Visite zu unterziehen sie sich dringlich bemüßigt gefühlt hatten. Die Nachforschungen förderten im übrigen folgende Umstände zutage: der Besitzer des leeren Strickwarenlagers mußte wohl zur Marine eingezogen worden sein und seine Frau spielte im Lotto: (diese saftige Neuigkeit ließ Gildo im Flüsterton auf den süditalienischen »Kaffer« los, der ihn verhörte); beim Lottospiel hatte sie eine Menge Hunderterscheine verloren, war krank geworden und abgehauen: ja, auch sie: die Carabinieri sagten je-

doch »verschwunden«; na, gut, aber, aber, man weiß ja gut genug, daß man nicht wissen kann, wo zum Teufel sie sich versteckt, grad im Moment.
Aber die Carabinieri ließen ihn nicht in Frieden: weil sie mit ihrer üblichen Niederträchtigkeit im malerischen Repertoire des Strickwarenlagers auch noch zweiunddreißig Dutzend seidene Krawatten reinverstrickt hatten und achtundzwanzig Taschentücher und vier mit Trauerrand, zwölf Packen mit Männerunterhosen aus Flanell, sieben Schachteln mit Jasminseife und an die vierzig Flaschen und Flakons mit Parfüm, deren Etikett etwas abgeschabt war. Schließlich, höher ging's nimmer, eine Riesenschachtel, die, sobald sie aufgedeckelt war, der Quästur sogleich fünfzig Gummispritzen für innere Spülung enthüllten; und des weiteren noch Sprühfläschchen, Zahnpasta, Puder, acht Philipps-Glühbirnen, ein Grammophon, dem man keine Töne mehr zu entlocken vermochte, einen Priestertalar und einen phänomenalen Vogelkäfig in Form eines Schweizerhäuschens mit ovalgezeichneten Fensterchen und zwei zweifellos gotischen Türmchen.
Das Geheimnis der Unterhosen und das Untergeheimnis der Krawatten hätten sich, falls ein fleischkloßmampfender Wirt gewillt gewesen wäre, auszuplaudern, umgehend in ein Geheimnis aus Schnitzeln, gemischtem Salat und Kaffee mit Likör verwandelt: aber Wirte und Polizeistreife fielen senkrecht aus allen Wolken des Himmels, wie's bei ihnen üblich ist: oder taten nur so.
Endlich, zum Glück, brach der Krieg aus! Wer weiß wie lange die sonst noch weiter in der Polenta herumgerührt hätten, grad wie die Kinder, die sich »zum Fleiß einen Spaß draus machen«, die Bemerkung stammt vom »Kastanier« selber, »zu plantschen«, also eigentlich »aus Trotz« mit dem Stöckchen zu stochern und Schnörkel in den Scheißdreck zu wühlen.
Die Carabinieri mit Kindern bei zotigen Spielen vergleichen zu können, verschaffte Gildo eine kräftigende Genugtuung: er bemerkte wie gewöhnlich nicht, daß das Finale der Hypotypose auf ihm selber sitzenblieb.

Auf dem Altan stehend, vor der Tür, schaute Zoraide nach zwei, drei Sätzen immerfort auf die Krawatte des Jünglings, wie in schweifende Gedanken verloren. Er suchte indes vergeblich ihre Blicke, und über den ganzen Körper lief ihm ein zitteriges Beben, nunmehr vor blinder Begierde und kindlicher Schüchternheit: während er nach Worten fahndete, um nur irgendeinen Diskurs in Fahrt zu bringen: aber die Buchstaben S und R verhedderten sich ihm, eh sie herauskamen, zu einem das ganze Hirn verklemmenden Gestotter.
Doch die Zwangsvorstellung, daß er stark sein müsse, ungeniert, ein fürchterlicher Herzensräuber, überkam ihn erneut. Die herrliche und warme Gegenwart der Zoraide zerstreute aber Freizügigkeit und Bosheit, statt sie zu erregen: vor der Schönen fühlte er, wie sein Wollen sich immer wieder verlor und verwirrte in einem seltsamen Unbehagen. Es schien ihm, als sei er krank, er schwitzte an den geballten und kalten Handflächen in der Tasche, er erblaßte: so fliegen die Fetzen in der Papierfabrik und vor der bösen Prahlsucht der Welt in die Luft.
»Ich hab nicht gewußt«, stotterte er zögernd mit albernem Lächeln, »ob du überhaupt zu Hause bist. Ich bin gekommen mit Nachricht von Luigi und auch um dich zu bitten ... ob du mir einen Gefallen tust.« Da schaute sie ihn an und verfinsterte sich.
»Ich weiß schon, daß es schwierig sein wird ...« Er blitzte einen Augenblick böse auf: fiel gleich zurück in den seufzenden und bitteren Tonfall.
»Ich danke dir«, sagte trocken Zoraide. »Von Luigi weiß ich, daß es ihm gut geht. Und was für einen Gefallen soll ich dir tun?«
»Gut ... gut ...«, sagte Gildo, verbiestert im Ton und im Ausdruck, indem er die beiden Worte durch eine zweifelnde Pause trennte, zur einen und zur gegenteiligen Bedeutung. »Gut, sagen die, die was Gutes zu beißen haben und gut bezahlt werden, weil sie Offiziere spielen oder Pfarrer oder in den Zeitungen schreiben ... weil sie käuflich sind von der Bourgeoisie ...«, und er verfing sich wie in einer Lieblingstirade, die Zunge löste sich

ihm, plötzlich schien er die Frau da vergessen zu haben, er redete lauthals, und alle hörten ihn.

»Sie schreiben, daß der Krieg hat kommen müssen und daß jetzt alles gut geht, wie geschmiert, und daß es geradezu schade wäre, es bleiben zu lassen, weil alles so gut geht: und daß man die Kanonen gewissermaßen genießen muß, wie man weiß ... aber gewiß doch!«

Zoraide war noch finsterer geworden, schien sich zu rühren.

»Jedenfalls die Karte, die er mir geschrieben hat, das ist die hier.« Zoraide, düster, ließ nicht mal einen Blick drauf fallen.

Er, indem er sie hinhielt, rückte ihr an die Seite, wie um sie gemeinsam mit ihr zu lesen: und da kam wieder eine verzweifelte Trunkenheit über ihn, die gleiche, von der er spürte, daß sie endlich einmal zuende sein müßte! Entweder irgend jemanden mit seinen Händen würgen oder mit dem Kopf gegen die Wand, sich den Kopf dran einrennen!

Auf einem Balkönchen gegenüber hüstelte ein Mädchen: Zoraide schaute mit einem Vipernblick hinauf: zwischen den Ellenbogen und den verschränkten Armen des Mädchens, die sich aufs Balkongitter stützten, sah man die Augen verschwinden, und das rote und lachende Gesicht, als wollte es sich verstecken: Spott, Boshaftigkeit.

»Es gibt schon recht Blöde, die da Luft schnappen!« sagte Zoraide sodann mit lauter und deutlicher Stimme: die andern Frauen rührten sich nicht.

All dies ließ in Gildo schließlich jede Großtuerei, die er etwa im Programm gehabt hatte, entschwinden. Er unterbrach den Vortrag: »Kann man nicht reingehen?«, murmelte er, an Zoraide gewandt, mit flehentlicher Stimme, »muß man denn wirklich hier heraußen stehen, zur allgemeinen Belustigung?«

»Drin ist's ärger ... ich bin noch nicht mal ein Jahr verheiratet ... und der Mann im Feld ... du bist doch nicht blöd!«

Gildo fühlte den Seitenhieb dieses »blöd« in sich brennen.

Teufel! er hätte sie aufs Bett schmeißen mögen, sie würgen mögen, und das ganz langsam: ha! Ehefrau! und der Luigi, und das Trentino! Und irgendeinem dieser Kriegstreiber, dem hätte er einen Messerstich in den Magen versetzt! Einen Augenblick lang war er wieder versöhnt, schließlich hatte es doch sein Gutes, daß er diese »Bande von Küchenschaben«, diese Wanzenschar von Polizeispitzeln los war.
Hauptsache, daß er ihn nicht erwischte, dieser verfluchte Krieg der Dickbäuche, dann hätten sie gleich zu spüren gekriegt, woher der Wind wehte! »Evviva Triest! Evviva D'Annunzio!« schrieen diese Kriegstreiber, diese Studenten! und rasten gleich drauf davon, um sich zu verkriechen, aber im gestreckten Galopp!
So wie dieser Minnesänger von neunzehn Jahren, der immer hinter allen Mädchen her war, um ihnen den Esel zu spielen: und damit nicht genug, man hörte jetzt sogar, daß er mit der da recht tüchtig Holz gehackt habe, im Wald, mit der jungen Ehefrau da, genau: am Abend und in der Früh, mit den Büchern und ohne sie. Eine Kadenz kam ihm in den Sinn, eine recht trauervolle, und er übertrug unwillkürlich den verachteten Begriff »Bücher« in den Gesang, den getragenen, den er im Jahr zuvor auf dem Corso Sempione gehört hatte: »Ob mit den Stie-iefeln, ob oohne Stie-iefel, meine Alpini, die will ich sehn ...« Genau, das waren sie, die verfluchten Stiefel, und was für Stiefel!
Was studierte er überhaupt, dieser Blödian, dieser Zuhälter, wo er doch in der Fabrik arbeitete und andern das Brot wegschnappte? »Wir können krepieren, das möchten sie, und sie selber schreien Evviva!«, dachte er: während Zoraide ihrerseits ihm vom Gatten Bericht gab, Post und Poststempel, über die Zensur, die Nummern der Regimenter. »Evviva, was denn?« schrie er. Die Schöne zuckte zusammen, begriff nichts. »Evviva das da! Zum Henker! ...«, und er machte eine Geste, als wolle er ein imaginäres Messer in einen imaginären Wanst eines imaginären Kriegstreibers stoßen.
»Was hast du denn, Gildo ... ich mein, dir geht's gar

nicht gut, mein Lieber ...« erwiderte Zoraide, halb neugierig, halb boshaft: und bemitleidete ihn schwesterlich; der versteckte Zorn der Männer, wenn sie einer auf den anderen eiferten, hatte ihr immer, sobald er zum Vorschein kam, eher Vergnügen als Angst bereitet. Die Postkarte und die Nachrichten mußten indes, zwei Monate nach ihrem Eintreffen, ins Gehirn der Gevatterinnen gedrungen sein; eine Aura von Mitgefühl und Sympathie verbreitete sich, sie spürte es, über dieser verwitweten Frauenempore.

»Und was wolltest du jetzt für eine Gefälligkeit, laß hören ...»

»Ha!« sagte er bitter und nebenhin, »eine Gefälligkeit wirst du wohl kaum einem erweisen, nicht, wenn es einer ist, der von der Quästur verfolgt wird ... Dir gefallen die, wo sie zuhaus Zentralheizung haben, jetzt ... wo's allmählich neblig wird ...«

Zoraide errötete flüchtig: »Du Schuft und Nachspionierer!«, aber sie wollte ihre Wut verbergen, sagte statt dessen »Von der Quästur?«, indem sie ein reizendes Erstaunen simulierte. Sie wußte es schon, man hatte sie schon informiert. Krawatten, Seife, Fahrräder: Diebesgut.

Da hob der andere mit Nachdruck wieder an, froh darüber, sich vor der Frau ins rechte Licht setzen zu können: stolz darauf, sie herunterzumachen als Dienstmagd der Reichen.

»Ha, man versteht es ja ... die Quäster dieses Salandra: lauter Halunken, frag nur deinen Luigi, wenn du noch einen Zweifel haben solltest. Das müßtest du schließlich wissen, daß sie alle, die in der Fabrik arbeiten, filzen, unterm geringsten Vorwand, um sie auf den Schindplatz zu schaffen. Für die gibt's nichts, gilt keine Müdigkeit, keine Krankheit, kein Elend. Schuften wie Zwangsarbeiter und dazu ›Jawohl, Chef‹. Das ist der Fortschritt der Nationalisten, genau so, wie sie es möchten.

Kommst du fünf Minuten zu spät, Geldstrafe! Gehst du auf den Abort, Geldstrafe! Trinkst ein Schnäpschen, sagst ein Wörtchen zuviel, schon springt der Major her-

aus, der Hauptmann. Nimm den Carlo, zum Beispiel, den Gibigiàna, der vom Betrieb Paolo Sarpi: den kennst du doch auch gut. Na, den haben sie letzte Woche verdroschen, mit der Begründung, daß er unzufrieden ist. Und jetzt wollen sie mich auch rausschmeißen.«
Zoraide kannte Gildo seit mehreren Monaten, und obgleich sie ihn mehrmals als Vetter (ein wenig entfernter Art) des Gatten wahrgenommen und kennengelernt hatte, war es ihr nie sehr drum gewesen, Neuigkeiten über ihn zu erfahren, während ihr die Neuigkeiten über andere Leute im allgemeinen und im besonderen immer als sehr interessant erschienen.
»Aber du, sag mal, bist du denn nicht Frisör ...? Damals, erinnerst du dich, mit Gigi, wie wir vom Jahrmarkt von den Bastioni zurückgekommen sind und du mir den Laden gezeigt hast, dort ... so ein bißchen heruntergewirtschaftet, an der Ecke von der Via Scaldasole ...«
»Runtergewirtschaftet oder nicht«, unterbrach Gildo gekränkt, »genug damit, daß der Geldbeutel hin und wieder ein paar Kröten ausspuckt, wenn ich ihm den Bauch kratze. Ihr werdet auch nicht nur von Spargel leben schließlich.« Er lachte mit einem Gekicher, das er gern zynisch und bitter rauskriegen wollte, aber es wurde nur blöd und harmlos. Als es abstarb, blieb das Gesicht: der geprügelte Blick; ein paar schwärige Pusteln, von einem violetten Hof umrandet, mischten Töne à la Folies-Bergère-vom-Hinterhof in die traurige Blässe.
»Gut, und jetzt?«, hub Zoraide wieder an.
»Jetzt bin ich bei Cragnoni.«
»Bei wem?«
»Bei Cragnoni, Firma Cragnoni. Ich bin Dreher.«
»Aha, Mechaniker bei Cragnoni: die kenn ich ...«
»Kann ich mir denken«, grinste Gildo; »deswegen bin ich ja gekommen: ich weiß, daß du zu der Dame putzen gehst, die mit denen verwandt ist. Du hast es mir gesagt, du selber ... daß sie so freundlich ist«, grinste er, »daß sie fast verwandt ist mit diesem großen Fabrikbesitzer, erinnerst du dich? Gut, das ist der Cragnoni. Was willst du? Als Frisör arbeiten, jetzt, wo die Hälfte der Leute

weg ist? ... Aber das Schlimme ist, daß die Hungerleiderei die gleiche ist wie früher: das ›Jawoll, Herr Offizier‹ werden sie wohl nicht auf halbe Ration gesetzt haben, denk ich mir.«

»Aber du, wie hast du das denn so schnell lernen können ... ist es nicht schwierig?«

Gildo lebte auf durch dieses unverhoffte Körnchen.

»Meine Liebe, manche kommen als Deppen auf die Welt und können hundert Jahre alt werden und lernen nie nichts ...«, und vielleicht spielte er in seinem hoffährtigen Vergleich auf jemand Bestimmten an. »Aber ich! ...«, er tat, als wolle er gehen, stippte sich einen Finger an die Brust, kniff die Lider zusammen, die düstre Schatten innerhalb der Wimpern über die Iris warfen, auf daß die Sentenz bedrohlich herauskäme: »Ich erinnere dich daran, du Ehefrau, Kriege mögt ihr meinetwegen auch hundert führen«, er kniff drohend die Augenlider zusammen, »tausend meinetwegen, könnt ihr führen, von euren Kriegen: aber ich möcht mich in zwölf Stücke verhacken lassen, wenn sie mich je zu schnappen kriegen, so wahr ich Spartaco heiße: auf der Urkunde, obwohl sie mich in der Familie, als Bub, Scarliga genannt haben, nämlich wegen Spartaco«, und er ahmte die Schullehrerin nach, »sie meinte, daß das kein Name ist, der auf ein Kind paßt. Aber die Wahrheit ist ... und da freß ich einen Besen, die Wahrheit ist die, daß sie, wenn sie den Spartaco auch nur reden hören, daß diese ganzen wurmigen Schweinsschwarten, diese bürgerlichen Kriegstreiber, wo jeder einen Doppelzentner wiegt, Evviva D'Annunzio!, kaum daß sie den Spartaco reden hören, daß sie blaß werden wie die Bettücher, die am Lambrate auf der Wäscheleine hängen ...«

Er entfernte sich ein paar Schritte auf dem Altan, die Hände in den Taschen, wieder blind erfaßt von seinem Begeisterungsschwung: er drehte sich auf dem Absatz: aber die schwungvolle Drehung gelang wegen der Enge nur schlecht. Gleichen Schrittes zurück, hatte er etwas noch Gewichtigeres zu sagen, während Zoraide weiter krampfhaft die Finger ins Silberkreuzchen schlang, nah

dem schattigen Grübchen ihrer wundervollen Kehle, mit geglätteten Brauen, in fast mitleidvoller Erwartung der Fortsetzung.
»Der Krieg! der Krieg! Grade die haben den Schwindel erfunden, die Schwindler, die sich zahlen lassen, die Entschädigungen kriegen und Tagegelder: damit sie die andern rumkommandieren können, General spielen, oder Minister: oder Mörder, so nenn ich sie. Und wir dürfen nur krepieren, weil sie befehlen, mit ihrem Österreich. Schau mir nur ins Gesicht, meine schöne Ehefrau, kommts dir so vor, daß der Spartaco Pescassinetti einer ist von denen, die ›Jawoll, Herr Hauptmann‹ sagen?«
Diesmal schaute die Zoraide ihn an, direkt in die Augen, die weit über sie hinauszublicken schienen, verloren in eine verzweifelte und abstrakte Einsamkeit, in der Unmenschlichkeit eines Deliriums: sie versuchte, als wolle sie eine Antwort auf die Frage finden, vom Grund des leeren Arsenals ihres Magens irgendein Interesse, sei es Mitleid oder weibliche Neugier, aufzustöbern; aber da floß ihr nichts zu außer ärgerlichem Abscheu.
Sie liebte an einem Jüngling, an einem Manne die Gelassenheit, die Zuversicht, die Vernunft, die Kraft, das Schweigen: und vor allem ein Gesicht und Augen, die von Kraft und Fröhlichkeit sprechen, und von Gewißheit, erfüllt von festem Willen. Die Verdrehten, die Verrückten und ebenso die Pickligen machten sie frigide, erweckten in ihr einen nicht zu unterdrückenden Überdruß.
Diese umschatteten Augen und die so gläserne Iris, jetzt so verloren in eine irre Starrheit, dies bleiche Gesicht, diese tulpenfarbenen Furunkel – Zoraide konnte sie nicht mehr ertragen: das war das Abbild eines üblen Gesundheitszustandes, als ob er aus Sparsamkeit Eidechsen fressen und sein Geld für Frauen ausgeben würde: »Er muß sie sicher dafür bezahlen«, dachte sie, sachlich und perfide. Aber ins Bett mit so einem – es schüttelte sie; nie wäre sie mitgegangen, niemals! nicht mal wenn der Kanonikus es ihr befohlen hätte.
Sie entsetzte sich beim bloßen Gedanken. Und ihr Ehemann? Da kam sie das Gähnen an: der war im Krieg, der

Ärmste! Der war im Trentinischen, der arme Kerl... Wo gleich? Es gab ja keine Karte und keinen Stempel, nichts... weil der Cadorna es nicht wollte... weil das Generalkommando von den Österreichern nicht erfahren durfte, wo der Gigi war, Gigi mit seinem Regiment: wohl gar ein Militärgeheimnis... denk an! ... Und der hier redete immer noch weiter von sich: »... Ich geh nicht, ich werd nicht gehen! Aber wenn sie mich mit Gewalt zwingen, wenn sie mich mit dem Seil hinzerren, gefesselt, wer, meinst du, wird ihnen den ersten Kopfschuß verpassen? Wer? Sag mal, wer? Du hast's kapiert, was? Sollen die doch in die Schlacht rennen, wenn sie so große Lust drauf haben.«

»Gut, Servus!«, sagte Zoraide: und öffnete die Tür. Gildo wachte wieder auf: schaute sie fast entsetzt an.

»Horch«, sagte er, »horch doch, einen Moment...: jetzt möchten sie mich wegschicken, warum, sag ich dir gleich. Aber du, wo du doch zu den Herrschaften arbeiten gehst, wo du mir gesagt hast, sie seien Freunde von meinem Fabrikbesitzer, Abgeordnete, Geldschneider, oder so was, schau doch, ob du was für mich ausrichten kannst: sag, ich bin dein Vetter, bitt sie ein wenig für mich, versuch's auf die nette Art... Und dann... muß ich dir noch was sagen: ich hab keinen Heller. Ich hab niemanden zuhaus, der mir helfen kann.«

Zoraide fand ihn abstoßend.

»Aber was ist denn passiert?«

»Passiert ist... daß ich von früh bis spät arbeite: aber so gewisse falsche Arbeiter, die nur dort beschäftigt sind zum Rumspionieren und damit sie den andern das Brot wegnehmen, denen, die den Karren ziehen, die gehören nicht in die Fabrik. Die wollen wir nicht haben, das ist's. Und die sind uns allen auf den Wecker gefallen. Heut der Maria, morgen der Rosina und auch der Carlotta... und auch den andern...«

»Aber von wem redest du überhaupt?«, sagte Zoraide.

»Warum?«, sagte Gildo mit einem boshaften Leuchten im Gesicht. »Kennst du den vielleicht? einen von denen, die zu Hause schon die fertige Limonade hingestellt krie-

gen, wenn ihnen das Bäuchlein wehtut: um den alle herumschwänzeln: das Mamachen, das Schwesterchen, das Dienstmädchen, die Portiersche, das Hündchen ...
Der ist einer, der immer auf dem Motorrad rumschießt, und er schießt, als wär er der Herr von ganz Mailand!«
Zoraide erbleichte. Gildo spähte von unten zu ihr herüber, gierig, finster, verzweifelt in seiner Wut, aber mit einer Freude im Leib, wie ein Triumph: vergaß sogar, daß er auf Bittgang war, etwas wollte: zumindest war's dies, was er vorgab.
»Eine Zeitlang ist es gut gegangen, solang die Geduld vorgehalten hat: zu lang eigentlich. Dann aber ist es ganz dick gekommen, aber schon scheußlich dick, mußte ja so kommen. Gestern früh war die ganze Fabrikhalle durcheinander. Alle haben gemeutert, ganz auf einmal ...«
Zoraide schaute ihn an, mit Zorn und Blässe im Gesicht, mit blutlosen, zusammengepreßten Lippen: diesmal war sie's, die spürte, wie gern sie ihm die Zunge rausgerissen hätte, diesem Schuft mit der Eidechsenhaut. Gildo fuhr fort: »Und wenn er noch weiter so rumgequatscht hätte, dann hätten sie ihm die ›Hexe‹ gezeigt, auf der Stelle – und wie schön die frisiert ist ...«
Zoraide beherrschte sich: mit der ganzen Liebe, vom Zorn aufgestachelten Willenskraft wollte sanft und hinterhältig überlegen sein, wollte Leben, wahres Leben sein, gegenüber dem vorgetäuschten.
»Was steckt denn nun hinter allen diesen Geschichten, los, geh doch ...«
Die Farben ihres Gesichts begannen wieder zu lügen, drückten eine gewisse köstliche Vernageltheit aus.
»Dahinter steckt, daß ich deswegen in Gefahr bin. Die Aufsichtskommission, der Hauptmann, der Major, der Lügenteufel ... sie haben sich schon erkundigt, was ich vorher für einen Beruf ausgeübt habe, da ist dann die Quästur mit reingekommen, die Polizeiwache, die Portiersfrau, die Carabinieri-Brüder und alle Schurken und alle Aushorcher von Mailand. Und sie wollen mich schnappen, da gibt's kein Pardon, sie wollen mich schnappen.«

Eine Pause.
»Aber der steckt auch ganz schön drin, der auch. In die Fabrik kommt der nicht wieder rein, bestimmt nicht. Und der zieht in den Krieg: oh! und ob er zieht!«, er verfiel wieder in den sanften Ton, mit der Ironie des Verückten: »Dafür haben wir bereits gesorgt, oh, gewiß! und er geht: und wir hoffen, daß er dort bleibt.
Was sicher ist, das ist, daß er hinter den Mädchen vom Procaccini oder hinter den Frauen, die wegen dem Cadorna Witwen geworden sind, nicht mehr her sein wird ... da werden wir ihn nicht mehr sehen ...«
Der Pluralis majestatis beeindruckte Zoraide nicht, noch wurde sie eifersüchtig auf die Mädchen oder beunruhigte sich wegen der Frauen.
»Na ... ich geh auch bald, ich geh auch bald weg von hier ...«, verkündete sie und mimte ein Gähnen, «ich hab genug von Mailand, ich geh wieder nachhaus ... nach dem Gemüsegarten schauen, von meiner Tante 'Neta, Äpfel, Pfirsiche ... halt so.«
»Nachhaus? ... wo denn? ...«, meinte Gildo: und schien wie ein verärgertes Kind, plötzlich abgelenkt von seinen ungezogenen Launen.
Sie lachte: »Wie neugierig du bist! in mein Dorf ...«, aber ihr klopfte das Herz.
»Wo? Nach Castelfranco vielleicht?«
»Ich werd dir dann schon eine Ansichtskarte schicken ... damit du die Schönheiten von dort sehen kannst ...«
Gildo fühlte sich geschlagen: er sah, wie die Kehle bebte in der Süße ihrer Schatten, sah die Lippen lachen, fern für immer, mit einem andren oder anderen Geliebten.
Er ging über zum Ecce homo, er flehte:
»Und so läßt man mich arme Seele im Stich, daß ich ein Stück Brot betteln muß, verfolgt von der ganzen Räubergesellschaft, die sich zahlen läßt: und alles, weil ich einer bin, der sich nicht unterbuttern läßt, der keine Herumspionierer um sich haben will und keinem von den Bava-Beccaris gehorcht und nie gehorchen wird, und auch keinem von ihren Mörder-Offizieren ...«
Er bat inständig: »Schau, ob du was ausrichtest, wie ich

dir's gesagt hab, daß sie mich nicht wegschicken. Und ... horch, Zoraide: ich wollte dir noch was anderes sagen: du hast doch, nicht wahr, wenn du willst, vielleicht zehn Franken ... auf ein, zwei Tage?«

»Zehn Franken? Spinnst du? ... soviel hab ich doch gar nicht ...«, sagte Zoraide jetzt wieder lachend, »wenn du sie wirklich so notwendig brauchst, geb ich dir zwei ... wart mal ... ich hol sie ...«

Von allen Balkonen lenkten die Gevatterinnen eilig schwenkend die Blicke wie konvergierende Doppeltürme in Richtung Ziel.

Sie trat ein, trat wieder hinaus mit einem runden Silberling, gab ihm das Geldstück mit Bestimmtheit: »Ich verabschied mich, Gildo ...«, schloß sie mit einem Lächeln, das strahlte: »Ich schau schon, ob ich ein Wort für dich einlegen kann. Wenn man mir's abschlägt, ist's nicht meine Schuld, wenn du dann auch gehen mußt ...«

Und damit schloß sich die Tür.

Das Verb »gehen« bedeutete in jenen Jahren »in den Krieg gehen«, wie in dem alten Lied der Freiwilligen, die mit der Aosta und der Cuneo über die Brücke gezogen waren, über den alten Ticino. Noch brennend fast von den brennenden Küssen der Geliebten, rückte ferner der Gesang, den Marschschritt begleitend, in den Straßen und im fernen Schlamm der Ebene: melancholische und süße und geheiligte Fanfare für die Studenten von Turin bei Calmasino und bei Rivoli, für die Bataillone des Königs Carlo an den Hügeln von Pastrengo, an den Brükken von Monzambano und Valeggio, an der zerborstenen Brücke von Goito. Und flog darüber hin, ohne Brücken noch Nachen, oder Ticino oder Mincio oder Brenta, drüber und hinein in die Mauern und in die Türme: goldenes Saatkorn und Staub, die aus dem Grün der murmelnden Zypressen, trauernd und wohlgemut, der Wind verstreut in die Himmel des Frühlings.

Dieses Lied war aus der Toskana gekommen: Professoren der Minerealogie und des Rechtes, Studenten, ein paar Frisörlehrlinge und andere Unbedarfte, es war ihr Lebewohl von allem weiblichen Lächeln, allen weibli-

chen Tränen: bis es schließlich auf Radetzki stieß, eine nicht vorhergesehene Bohème, am Morgen des neunundzwanzigsten Mai, zehn Uhr, wo er's doch grad an dem Tag so eilig hatte, nach Goito zu gelangen. Geduld, Geduld! Die Kanone begann, sie zu bearbeiten. Die Geschichten wissen zu flüstern, daß die Generäle von Piemont nicht gleicher Ansicht waren wie ihr König, wo er doch um jeden Preis wollte, daß sie »herbeieilten«, um der bombardierten Bubenschar beizustehen: und vielleicht hatten sie gar nicht Unrecht. Tatsache ist, daß es den Generälen Benedek und Wohlgemuth um vier Uhr gelang, in Curtatone aufzuräumen; Clam und Strassold und dann Benedek selber, Punkt fünf Uhr, in Montanara: Liechtenstein kommt von San Silvestro heran. Aber die Nacht rückt derweil näher. Und man zitiert einen Satz aus einem Brief des letzten Jahrhunderts, den Liechtenstein an den besiegten De Laugier schrieb, in dem von der verlorenen Schlacht der Studenten die Rede ist: »Der einzige Vorwurf, den man den ›toskanischen Truppen‹ machen kann, ist der, daß sie sich viel besser geschlagen haben, als wir es gewünscht hätten.« Anderer Ansicht war hingegen das Volk der noblen Stadt Lucca, das zufällig eines Tages in Zorn geriet: und man schrie ihm ins Gesicht, dem De Laugier, daß er das toskanische Blut an Radetzki verraten habe, für 500 000 Silberlinge.
Auch im Piemont waren, nach Novara und Vignale, die Gesichter nicht viel heiterer. Der Marchese Taparelli konnte sich nicht auf die Unterstützung der Morgan-Gruppe verlassen, und die fünfundsiebzig Millionen, welche die Räumung von Alessandria, der Lomellina und des Gebiets von Novara gekostet hatte, mußten stehenden Fußes gezahlt werden, wie eine Strafgebühr. Und da trat die ganze Karawane des Unglücks und der Klage durch die zerborstene Türe herein, mit dem von den Umständen erheischten Grabesschritt: im übrigen konnte man nicht verlangen, daß der alte, unermüdliche Marschall uns sehr viel besser behandeln würde, als es, siebzig Jahre später, der Herr Clemenceau tat; nach der großen Mühe. Auch hatte das »doppelköpfige« Österreich

mit seiner fixen Idee des Aufknüpfens in seinem Wappen keine achtundvierzig demokratische Sterne, denen es hätte Ehre zollen müssen.
Aber warum denn diesen barocken Garten der Leiden ständig wieder umgraben? Alte Geschichten sind es, vergessen, abgeschlossen. Heute erstrahlen die Alpen, zumindest zum großen Teil, in der Sonne, frei von den alten Tyrannen; frei ist das Meer von Port Said bis La Valetta, von Panama bis Gibraltar; und die Festlandgebiete, auch sie sind frei bis auf einige Restchen, wie den französischen und englischen Kolonien und dem Acker von Monroe, vom leichten Stacheldraht umgeben. So sind wir frei, den Samen der Zukunft zu säen wie's uns am besten dünkt; im Gebirg und im Tal, in der Wüste und im Redifossi*. Die Brühkartoffeln sind schließlich ein exquisites Gericht; und die Bohnensuppe ist einfach köstlich: was die Gemüsesuppe betrifft, so halte ich es für angebracht, mich auf die Seite derer zu schlagen, die sie nicht allzu gargekocht haben wollen. Ach! Es lebe die Gemüsesuppe! Wenn sie fettarm ist, um so besser, dann bekommt keiner Krebs.
Aber dieses Gehen des Jahres 1915 war für viele ein vorsichtiges Gehen, damit es nicht wieder so komme wie das »Es geht los« im Lied aus dem Jahr 1848: es war nun ein sehr den Stimmen der Vorsicht angepaßtes »Gehen«, sehr abgezwackt der Bilanz des Glaubens, der hier und dort geflickt und abgespeckt war, nicht nur vom langen Fasten, sondern auch vom plötzlichen Zahnweh des »hingegen« und des »wenn«, des »vielleicht« und des »immerhin« und des »aber«.
Es gab dann aber einige Dutzend Batterien der Fünfundsiebziger ...

* Ein Kanal in Mailand, zur Verteidigung der Stadt im Nordosten.

Eine gute Ernährung

Die beiden Freundinnen schienen einander physich und moralisch sehr unähnlich zu sein. Elena hatte mit Lisa nicht einmal die so vielgerühmte Unerfahrenheit des Alters gemein; also die so reizende Unfähigkeit, das zu erkennen, was Lisa (vielleicht) durch einen fünfzigjährigen Umgang mit den Menschen halbwegs erfassen, wenn nicht gar durchdringen würde. Elena, so könnte man sagen, beherrschte die Erfahrung noch ehe sie sie erlebte. Alles das, was für viele junge Mädchen oder Jünglinge ein unvorhergesehener Grund zur Scheu ist, zur Furcht, oder doch zumindest zu ungewisser Hoffnung und zu einer Art verzagtem Zweifel, das brachte Elena sogleich auf den Weg zu einer endgültigen Schlußfolgerung. Elena sah danach aus, als wisse sie im voraus, daß der schreckliche Stier des Schicksals sich auf sie werfen würde: und als habe sie bereits im voraus beschlossen, ihn stracks bei den Hörnern zu nehmen. Lisa besuchte Jahr für Jahr das Institut der »Nunziatine«, mit leichter Verspätung hinter ihren Gefährtinnen: und mit einigem »sporadischen« Fernbleiben, das heißt, ungefähr einmal monatlich, welches die Mama per Telephon geflissentlich bei Madre Orsola entschuldigte. Der Zyklon des Krieges hatte Lisas Vater in Portugal festgenagelt, wohin er auch schon vor jeder erklärten Feindseligkeit zwischen den Völkern in Geschäften zu entfleuchten pflegte: und von dort hatte er ihn nach Amerika geblasen. Sie hatte ihre achtzehn Jahre in Abwesenheit des Vaters vollendet, aber in Anwesenheit der Mama, der Signora Gemma, einer gebildeten und intelligenten Frau: und sie lebte mit ihr und mit Tante Vittoria, einer Art Gesellschaftsdame und Erzieherin, im Landhaus »Villa Lorbeer«.

Zum »Lorbeer« gelangte man, atemlos, über eine Abkürzung: es ist das alte Landhaus auf dem Hügel, eigentlich ein Herrenhaus, von draußen bewacht vom alten Turm auf der Spitze des Hügels, und von der Schildwache seiner schwarzen Zypressen: die fast wie geschliffene Klingen gegen den Himmel zu ragen scheinen.
Ein kleiner Hof, mit dem Mäuerchen des Ziehbrunnens in weißem Stein und dem Becken sowie dem Wasserspeier, erlaubte sodann den Zutritt zu den verschiedenen Gebäulichkeiten: die, zur Gruppe gedrängt, ihn abschlossen, ihm die Grenze bestimmten. Keine vorbedachte Architektur verband sie, einzig und allein das Band der Notwendigkeit oder der familiären Zweckmäßigkeit. Da war der alte Stall, doch nunmehr ohne das Pferd: der Bottichkeller, doch ohne Bottiche: die Küche zu ebener Erde, die an die »Pension Wedekind« vermietet war, mit dem Dienstboteneingang der »Pension Wedekind«. Und die Wohnung des Wirtschafters, leer, zu der man über eine Außenstiege gelangte. Und das Herrenhaus mit dem durchbrochenen Taubenturm, hoch überm Dach: dieses sanft geneigt, wie sie es in der Toskana sind, alle Dächer. Graue, liebe Mauern, mit verrosteten Dachtraufen. Eine etwas windschiefe Schar von Mauern und Dächern, barmherzige Versammlung von Häuschen, aus denen man, wenn man einmal drin ist, gar nicht mehr heraus möchte: sondern vielmehr mit der schweigsamen Ewigkeit dort am Fenster hocken oder beim Brodeln jenes Kochtopfs der langen Pflicht der Stunden lauschen, dem ewigen Sichvollenden der Zeit: und dem schlichten Antrieb des Lebens.
Draußen verdichten sich, scharen sich die Lorbeerbüsche, um die Wohnstatt der Menschen zu umzingeln, an die Fenster zu streifen, gegen die der Bergwind sie manchmal drückt, der ihre Wipfel beugt. Und sie könnten einem wie Hunde vorkommen, sehr schöne und etwas unnütze, die nach verflogener Jagd sich um den Herrn scharen, hin und wieder an seinen Schuhen schnuppern und sich seiner Identität vergewissern.

Das Hauptgebäude, leicht schief und mit einer geschwollenen Ecke, hatte ein kleines Tor mit einer Stufe zur Straße hin, kurz vor dem großen Portal. Dieses Tor, nußfarben, war jedesmal noch glänzender als das letztemal: durch einen hochpolierten Messingknopf sowie ein Schild, auf dem die Kinder beim Vorbeirennen buchstabierten: »Pension Wedekind«. Zwei Drittel der Räumlichkeiten im Hauptgebäude waren an die »Pension Wedekind« abgetreten worden. Die Signora Gemma kannte seit geraumer Zeit die Signora Wedekind, eine bejahrte und sehr vornehme Deutsche (aus Kaisers Zeiten), die »Italien sehr liebte«: und mehr noch die mit Italien verbündeten deutschen Generäle.

Wenn am Vormittag die Signora Gemma mit ihren Blumen beschäftigt war und gewisse Töpfe leerte, um die Erde in andere Töpfe zu füllen, kam Lena, die Köchin, mit einer hochgeschwollenen, von Selleriestauden flammenden Tasche vom Markt. Rosina, das Stubenmädchen, ließ aus dem Fenster gewisse Hiebe los, die wie Gewehrschüsse krachten, einen Stock in der Hand oder den Teppichklopfer, über dem verfilzten Rücken der Teppiche oder über wolligen oder samtigen Bettvorlegern. Lisa war in der Schule bei den »Nunziatine«.

Cesare, der Gärtner, erschien nur von Zeit zu Zeit, meist einen Tag über dem andern: und zu unvorhergesehener Stunde: entweder bei Morgengrauen oder bei der Abenddämmerung oder auch wenn es schon finster war: als häuslich vertrauter, aber unregelmäßiger Schatten. Er blieb zwei Minuten, brachte ein Bündel in die Küche, oder ein Eimerchen: mit dem riesigen Schlüssel sperrte er den Stall auf und gleich wieder zu, als wolle er sich vergewissern, daß drin nicht das Pferd sei: er verschwand mit der Sonne und tauchte wieder auf mit dem Mond. Alt, ein Schlaumeier, vermied er möglichst jede offizielle Beziehung zur Welt. Der Frühling interessierte ihn überhaupt nicht, ebensowenig sein zarter Blütenschnee über den Hügeln: der Sommer dagegen schon etwas mehr. Nach den sorglichen Besuchen seinerseits, gegen Ende August, fühlten die Birnbäume im Garten sich etwas wohler, obgleich die Lorbeerbüsche nach wie vor gleich blieben; sie, die Birnbäume, sahen ganz so aus wie jemand, der sich einer Last entledigt hat. Vorher gedrückt und zur Erde gebeugt, sieh da! begannen die zutiefst belasteten Zweige langsam, langsam sich zu erheben, zur unendlichen Verwunderung der Signora Gemma, als hätten sie sich plötzlich eines anderen besonnen: und strebten nun gen Himmel.

Eine heilige und geheime Fähigkeit zur Vollendung, die ihrer Natur innewohnte, sicherlich, war es, die sie in solcher Weise aufrichtete, nach und nach, jedesmal um ein Geringes, ein klein wenig bei jedem Tagwerden. »Auch die Pflanzen haben eine Seele ... das fühle ich ... auch die Blumen ...«, sagte die Signora: »... Ich möcht es schwören! ...«, rief sie aus. »Und diese Seele, nicht weniger als die unsrige ... erstrebt etwas ... etwas Hohes! ...« Die dort, das sah man, strebten nach oben, nach dem Azur: vor allem des Nachts. Bis sie es schließlich, gen September, geschafft hatten: sie hatten Cäsar gegeben, was sich Cäsar geholt hatte.

Die »Pension Wedekind« beherbergte Damen und Fräuleins: höchstens zehn: in acht Zimmern, von denen zwei zweibettig waren. Von einundzwanzig, Elenas Alter, aufwärts: fast alles Ausländerinnen: alle mehr oder weniger zur Abreise neigend, angesichts der Geldschwierigkeiten und der Gefahren und Entbehrungen, die der Krieg mit sich brachte. »Doch! Ein Blitzkrieg! ...«, sagte sie, um sie zurückzuhalten. Und ihre selbstsicheren Augen, von einem gewissen Stahlgrau, brachte sie für einen Augenblick ab von den aufgerissenen Koffern, worin die Hände, angstvoll, fieberhaft herumrührten: in einem Salat von Unterhöschen.

Elena wollte auch fort, angesichts der wachsenden Einschränkungen, also dem Wachsen, das die Zeche der »Wedekind« aufwies, von einem Monat zum nächsten, im Gleichschritt mit den Zeitläuften. Die Preise der Eier, des Gemüses, des Käse ... die waren nicht mehr zu halten! Das Fleisch verschwand. Die Butter verschwand. Das Öl sogar war, wie zuvor schon das Brot, zum Knecht der

Lebensmittelbehörde und ihrer unbedachten Vorsicht geworden.
Elena studierte in jenen Tagen. Die Universitätspflichten hielten sie fest. Und überhaupt, wo sollte sie hin? Ein Zimmer wie dieses, zum Garten hin, auf dem Hügel: von wo das hellhaarige Volk der Oliven jeden Morgen zum silbernen Salut antrat, durchbohrt und besiegt »vom göttlichen Pfeil« der Sonne. Und die Freundschaft mit Lisa, die Nähe der Signora Gemma ...
Oh! Lisa war noch ein Kind ... Elena ließ sich nicht beirren! Es kamen die düsteren Jahre, die Jahre des Bösen, die die Fäden des Lebens zerreißen.
»Wozu soll ich mich entschließen? ... Wo soll ich hin? sag mir ...«, fragte sie eines Tages Violante, die Malerin, die im »Giglio« wohnte, etwa fünfzig Schritt weiter unten: sie hatte dort ein Winzerhäuschen gemietet und sich darin ihr Atelier eingerichtet. Von ihrem Fenster aus konnte Elena, solange es Tag war, mit dem Blick Violante erreichen, eingehüllt in ihr Purpurgewand, auf dem Rasenvorplatz vor dem Atelierfenster. Violante bot ihr Gastfreundschaft an, falls sie ...: und hielt ihr einen Diskurs ... der gewisse Männerbesuche betraf: »Männer, die ein bißchen unruhige Geister sind«, sagte sie, indem sie sich eine Zigarette ansteckte. Man sollte über ihre Besuche nichts erfahren: jedenfalls nicht darüber reden, in der »Wedekind«: noch mit irgend jemandem, der in Verbindung oder, noch schlimmer, in vertrautem Umgang mit »diesen Herrschaften« sei. Elena bedankte sich überschwenglich: »Du bist ganz süß«, behauptete sie: (das ist die tolskanische Version des »joli« im Sinn von »aimable« ...).
Die beiden Frauen erlaubten sich manchmal vom Fenster aus heitere Signale, welche die Oliven, die zwischen den Villen etwas dünner standen, passieren ließen. Ein lustiger Ruf, das Flattern eines Taschentuchs, ein Winken mit der Hand: ein Kuß: mit der Hand vom Mund gepflückt, den Flügeln des Zephir anvertraut.
In Elenas Augen hatte Violante die vollkommene Überlegenheit erreicht: über was: Über das Schicksal? oder

über das, was sich tagtäglich ergab? Die unbestechliche Schule der Kunst: ihrer Kunst: der Kunst, die Männer zu fesseln. Aber, bei ihr, da war das nicht Kunst: es war eine natürliche Gabe: eine ruhige, und dennoch wissende und manchmal leicht spöttische Schönheit: ein Schwung blonden Haars, wie ein Gedrängle unzügelbarer Träume: ein Lächeln, das aus Freude erblühte oder auch aus plötzlichem, gefaßten Ernst. Die Augen unter dem Schatten der Wimpern schienen dem Zuhörer ihre Heiterkeit mitzuteilen – oder auch die Gewißheit seiner Gefangenschaft. Der Wunsch, jedesmal erneut, zu erfahren: was sie wohl dachten, was sie wohl wollten, die Männer. Es stand fest, bei gewissen weiblichen Kaffeekränzchen, daß kein Mann an ihnen vorbeikäme ohne mit dem Kopf anzustoßen: wie ein Schmetterling an die Lampe: wie etwa auch ein Meteor auf den Planeten aufschlägt. Man zählte, zwischen einem Schokoladenplätzchen und dem nächsten, die Schmetterlinge her, die Meteorsteine: an den zehn Fingern, und an mehr als den Fingern ...

Zwei oder drei Tage nach dem Diskurs über die Preise und das Pensionszimmer, trafen sie sich auf dem abschüssigen Weg nach draußen.

»Gibt's etwas Neues am ›Lorbeer‹ ...«, sagte Violante, die Herrliche, mit den Augen in die Ferne blickend ...

»Was Neues, ja. Abreisen ...«

»Abreisen ... und Ankünfte ...«

»Ankünfte? ... Wie meinst du das? ...«

»Gestern nachmittag kam einer. Du warst weg. Ein Typ! ...«

»Was für ein Typ? ... Wer war's? ... Sag ... ich möcht das genau wissen ...«

»Ein Trumm von Mannsbild. Ein Riese.«

»Aber ... wo denn? ... Aber ... Wieso denn ...? Im ›Lobeer‹ oder bei uns in der ›Wedekind‹?«

»Was soll ich sagen ... Ich hab ihn dort stehen sehen, an eurer Tür: ungefähr gegen fünf oder halb sechs: zwischen dem Törchen und dem großen Portal, am Eingang. Ich kam gerade vom Turm ... Er konnte sich wohl nicht entscheiden, der Ärmste: ob er am Griff der Glocke ziehen sollte oder auf den Klingelknopf drücken ... er hat sich wohl für den Griff entschieden ... Wie ich gerade vorbei war, habe ich die Glocke gehört ...«

»Die Glocke ist für die Dévoli, die hört man bis nach Vercetri ... auch der Knopf ist übrigens für die Dévoli, der genauso ...«

»Ein Paar Hosenbeine am ›Lorbeer‹! ... Das heißt, daß die Welt nun verkehrtrum läuft ... Das muß euch doch Eindruck machen, meine ich ...« Sie schüttelte sich belustigt. »Wo ihr doch lauter Frauen seid, dort droben, und lauter heiligmäßige ...«

»Oh, schließlich kommt doch hin und wieder der Baciccia ... hast du vielleicht meinen Baciccia vergessen? ... der so sympathisch ist! ... Und außerdem manchmal auch der Cesare ...«

»Hin und wieder, da hast du recht: nur sehr hin und wieder, würd ich sagen: der muß schon Urgroßvater sein ...: wie alt ist der denn? Neunzig? Ich hab da ein Gekreisch gehört, vor ein paar Wochen ... Was den Baciccia angeht, ... ja, ich geb's zu: ein ganz annehmbarer Kerl ... euer Hausknecht aus Genua ... falls er aus Genua stammt ...«

»Vielleicht aus Sestri ... Und ... und ... wie war denn das Trumm von Mannsbild?«

Violante schien auch ihm nicht ganz nichtswürdig zu finden. Sie verzog nur ganz leicht den Mund: »Na!«, brachte sie heraus, als ob sie eine Hypothese abwäge. Mittlerweile waren sie bis zum Pallino gelangt. Ein Auto kam daher. Der Lisa, die so rein war, so sauber (Ausdruck ihrer Mutter), war die vertraute Bekanntschaft der Elena »mit der Malerin«, der Violante, gar nicht recht. »Elena«, klagte sie, »wenn du meine Freundin sein willst, kannst du nicht auch der ihre Freundin sein ...«: und die stete Kleinmädcheneinfalt schien aufzubrechen in Entrüstung. »Du mußt dich entscheiden, Elena!« Sie hob stolz das Haupt, Zorn in den Augen, bleich, und warf das schöne Haar nach hinten. »Geh, geh nur zu der da ... Du ziehst sie mir vor, das seh ich, das versteh ich ... Geh nur zu ihr ... Ja! Vielleicht hast du recht

damit ...« Elena war voller Geduld: sie überlegte, sie wußte. Zwei junge Männer, erst der eine, dann der andere, hatten sich voriges Jahr von Lisa wieder zurückgezogen. Mehrere Monate lang hatte jeder, den einen über den anderen Tag, auf den Klingelknopf gedrückt, hatte eine jünglingshafte (also männliche) Ansehnlichkeit die liebenswürdigen, wenn auch endlosen Teestunden der Signora Gemma geschmückt, und die kleine Allee vor dem »Lorbeer«. Alle beide hatten sie mit der Lisa Ping-Pong gespielt, wobei sie jedesmal, wenn dies fällig war, sehr ernsthaft »Ein Punkt« sagten.
Der erste hatte zusammen mit Lisa gewisse Kirschen gepflückt, die alles überstanden hatten (die schrecklichen Frühjahrsfröste Mitte März), der zweite zwei Birnen. Dann aber, eines Tages, mußte aus einem der beiden Seidenkokons (Violante hatte Gelegenheit gehabt, seine Bekanntschaft zu machen) der Schmetterling ausgeschlüpft sein: beim ersten. Und auch der andere, an einem anderen Tag, einige Monate später: nach einem analogen Zusammentreffen. Die Namen der beiden Typen, der beiden Falter, waren bei den weiblichen Unterhaltungen als zur Liste gehörig angeführt worden: dem Verzeichnis des »Giglio«, um genauer zu sein, dem des Winzerhäuschens namens »Giglio«: beide waren mit dem Kopf gegen die Lampe geprallt.
Sowohl bei dem einen wie bei dem zweiten jungen Mann hatte die »Malerin« gewünscht, ein Portrait anzufertigen. Sie mußten also für sie sitzen. Mancher Sitzung hatte auch Elena beigewohnt, sowohl beim ersten- wie beim zweitenmal, um die Freundin bei der Arbeit zu sehen: und den Portraitierten zu unterhalten, der, mit gespanntem Hals, ohne zu rucken, »dorthin« blickte. Violante, rasch, im Feuereifer, die Iris im dichten Schatten der Wimpern, malte, ohne ein Wort zu reden.

Sich an der Türglocke aus (massiver) Bronze zu versuchen, und an der hirtenstabgeringelten starken Feder, an der sie aufgehängt war, stellte eine Betätigung dar, derer sich fast alle, einmal am »Lorbeer« angelangt, Bettler

und Laufburschen, sammelnde Nonnen und die Baroninnen vom Turm, der Kaplan, der Paketbote, der Arzt enthielten. Sie zogen es vor, auf den Klingelknopf zu drücken: den stiefmütterchenfarbenen Knopf, der in den Korridoren sanfte, im Nachhallen zierlichverklopfte Töne in den zarten Klingelwerken erweckte.
Eines Tages gegen Ende des Maimonats – die Sonne ging gerade unter – war es aber sie selber, die unausgekostete Glocke, welche entgeistert die Stille am »Lorbeer« und den schweigsamen Frieden am Hügel aufstörte. Jemand hatte am Handgriff gezogen: und sogleich war das unerbittliche Dirlingdingding erfolgt, dem sich der verrückte Klöppel jedesmal, viel zu selten, ungezügelt hingab, wenn man ihm die Voraussetzung hierfür bot. Die Seltenheit des Ereignisses, also die langen Pausen der Arbeitslosigkeit, erlaubten es dem korybantischen Arbeitslosen, soviel Wut oder Energie oder Libido anzusammeln (wie es bei einer Batterie, die aufgeladen wird, der Fall ist) und in aller Stille in den Zustand der Trunkenheit zu gelangen. Diese Trunkenheit war es, die, kaum daß man die Apparatur kitzelte, in Festtagsjubel und orgiastisches Gehämmer ausbrach, das man, wie gesagt, bis nach Vercetri hörte: während von den Zweigen Schwärme von Spatzen entfleuchten, als seien es lauter Birnen, die nach oben fallen, in den Schoß oder Schurz eines himmlischen Cesare.
Bei diesem unvorhergesehenen quatschköpfigen Gekoller hob Elena, vor den Kollegheften sitzend, verärgert das Haupt: und schaute neugierig in den Hof: zum Hauptportal. Rosina war hinuntergelaufen und hatte geöffnet. Im Hof – ein riesiger junger Mann, der gewichtig vorwärtsschritt: indem er den ganzen Körper bei jedem Schritt seitwärts wuchtete, aufs Bein und auf den Fuß, den er im Gehen vorausgestellt hatte: in einer lastenden Wellenbewegung, als ob er bei jedem Tritt einer Schlange den Kopf zertreten müßte. Er hielt, mit der Würde eines Fabrikdirektors, eine Zigarette zwischen den Fingern. Bis schließlich Lisa ihm hüpfend entgegenkam, wobei sie den wogenden Schopf ihrer schönen

Haare hüpfen ließ, über die Schulter hinunter, wo die Haare auf halber Höhe von einem schönen Band zusammengehalten wurden: mit mehr als einem Trillern nahm sie ihn an der Hand und führte ihn zur Signora Gemma hinein. Wie der Lotsenschlepper ein Schiff in den Hafen führt.

Der junge Mann war in diesem Moment der Hosenträger Nummer zwei im »Lorbeer« – nach dem Baciccia (um das abendliche oder frühmorgendliche Ektoplasma des kitteltragenden Cesare nicht mitzuzählen). Er war zweifellos die »Neuigkeit«, von der Violante gesprochen hatte. Groß, mit enormen Schultern: ganz in einer Farbe gekleidet: braun: äußerst gut im Fleisch in dieser Kleidung: den Hosen, der Weste, den Ärmeln, geschwellt von der gesunden Luft, um nicht zu sagen, von der Speckschwarte, vom guten Kernfleisch. Er mochte, über den Daumen gepeilt, über einen Doppelzentner wiegen.

Mittlerweile erschien Baciccia am Rand der Wiese der »Wedekind«. Das Diringingling hatte auch ihn auf den Plan gerufen. Er faßte den Urheber des Höllenspektakels ins Auge, duckte den Kopf, als wolle er sagen: »Nichts für mich«. Zündete einen halben Stinkstengel an und verschwand.

Elena machte sich wieder ans Lesen. Nach geraumer Zeit sah sie Lisa mit dem Jüngling aus dem Haus kommen, auf dem Weg zur Wiese langsam hinuntergehen bis zur Aussichtsterrasse bei den Zypressen. Dorthin war Elena des öfteren mit der Freundin gegangen; dort auf den grauen Steinsitzen hatte sie sich ihr anvertraut. Lisa hatte zugegeben, daß ihr junge Männer gefielen, ja, und warum auch nicht? vorausgesetzt, sie waren »harmlos«, sagte sich Elena: noch dazu mit einem Stich von Neid: vielleicht so ein bißchen dümmlich, gewissermaßen, schloß sie, angesichts dieser Wucht. Sie seufzte. Sie durfte keinen Besuch empfangen: Zimmer für junge Mädchen! in einer Pension nur für Damen! ... Und jetzt auch noch der Krieg: die Butter: er hätte sich eine andere, eine etwas bessere suchen können, dieser Typ da ...

Hinter dem rostigen Gitter in der Spülküche, im ständigen Kampf mit den Kochtöpfen und einem Tragkorb voller Tongeschirr, sah sie Baciccia aus seinem unterirdischen Gefängnis Schritt vor Schritt den Wiesenpfad entlanggehen, zu abendlicher Stunde. Zu den Zypressen. Jeden Abend.

Zärtlich verborgen wartete, schon im Schatten liegend, die Steinbank, die einen Ausblick auf das Tal gewährte. Hoch droben das Schwirren, das Pfeilgeschnelle der Schwalben, schwarze ... oder goldene Lanzen gen Himmel.

Doch Lisa und Signor Claudio (so hatte ihn die Lena genannt) achteten nicht der einsamen Exedra der Zypressen und nicht der Lektüre: noch des Sonnenuntergangs, noch des Tales. Sie schlüpften hintereinander, wie zum Spiel, ins Dickicht des Lorbeers: kurze Aufschreie der Heiterkeit aus der kindlichen Kehle der Lisa: was er für eine Stimme hatte, das wußte am »Lorbeer« noch niemand: die mächtigen Füße machten »krackkrack« im Dickicht, zertraten das Reisig. Es ging darum, daß Lisa ... ihm die Gruppe zeigen mußte, dort, die Skulpturen! Auf der Kuppe des Hügels wurden die Lorbeerbüsche spärlicher (man hatte auch das Abholzen des Dorngestrüpps verboten): einige ihrer kühnsten Gerten zwängten dort einen Apollo ein, als wollten sie ihn davon abhalten, Schlimmes zu verüben. Der junge Gott sann darauf, Daphne, die Menschentochter, zu ergreifen, die er nach seinem feurigen Lauf eingeholt hatte.

Obgleich ihnen beiden die Nase fehlte und sie bis zum Gürtel in den Efeu mit seinen (in der Brise des Abends) zitternden Ranken gekleidet waren, standen die beiden Flüchtigen, der Ungeliebte und die Geliebte, nicht an, dem Herzen Gedanken einzuflüstern ... oder dem Verstand, die beiden Flüchtigen, die das Herz dazu brachten, auf den Verstand überhaupt nicht zu hören. Die unerwartete Bedeutsamkeit des Steins, oder der Kunst, war keineswegs unberedt, im Gegenteil! weder gegenüber den Besucherinnen noch den Besuchern des Hügels.

Man erfuhr mehr oder weniger von allen, laut Erinnerung des Cesare, daß die Signora Whitehead (die frühere Besitzerin) dem Neffen (vor vielen Jahren), einem gewissen Willy, den Zutritt verboten hatte: einem vierzehnjährigen Knaben, der ihr überaus teuer war, und ein erbarmungsloser Eidechsenquäler.

Der pädagogische Eros der Mama übte sich am Fenster zum Garten in den liebevollsten Koloraturen. »Lisa!« »Mamalein!« Alle Farbabstufungen, die ganze Palette der familiären Koseformen: das Kleidchen, die Schokolädchen, das Pastetchen (mit Artischocken): sogar das Bad vergeistigte sich zu einem Bädchen. Um nicht zu reden von den Unterhöschen, den Leibchen, den Gummibänderchen. Einzig dem Tee gelang es, der Schmeichelform zu entgehen, es gelang ihm, nicht zu Teechen zu werden: aber auch der Tee war ständig verfolgt von den Kaskaden der Löffelchen und Kekschen. Für gewöhnlich brachte Lisa von der Wiese her eine liturgische Hypothese über die Funktionen des Tages vor: die Mama, vom Salonfenster aus, ließ es ihr, du tac au tac, durchrasseln, um mit der Miene sogleich aus dem Köpfchen der Tochter das Widderhörnchen eines Dilemmas auszutreiben. Elle se rabattait donc sur l'autre. »Mamachen!« »Lisa!« »Horch, Mamalein, soll ich das rosa Kleidchen anziehen?...« »Nein, Schatz, versteh doch: das hellblaue Kleidchen...« »Ausgerechnet heute! huch! warum denn?...« »Weil es so sein soll!« »Mamalein!« »Lisa!« »Mamalein, macht ihr heute Zwetschgenkuchen?...« »Nein, Lisa, Aprikosentorte!...« »Aber warum denn?...« »Weil der Cesare keine Zwetschgen gebracht hat, du weißt doch...« (In Wirklichkeit hatte er auch keine Aprikosen gebracht.) »Mamalein! laden wir heute zu Mittag die Tante Lallina ein?...« »Es kommt die Tante Battistina...«
Klar, daß es sich durchaus nicht um ein Dilemma handelte: auf jeden Vorschlag Lisas gab es weit mehr als ein Doppellos zu ziehen, die denkbaren Lösungen waren ein vielfarbener Schwarm: eine Gleichung dritten Grades hat drei Wurzeln, und eine des zweiundvierzigsten Gra-

des hat ihrer zweiundvierzig. Aber der Pädagogismus der Mama setzte eine einzige (invariante) Variante dem artigen Prográmmchen der Tochter entgegen: die siegreiche Antithese der Aprikosen gegen die unannehmbare These der Zwetschgen. Die Unerfahrenheit gestattete dieserart der Erfahrung, sich kundzutun und ihr zu Hilfe zu eilen.

Bei der Rückkehr aus dem Ort über einen Pfad zwischen Oliven, mit den Lebensmittelvorräten, spielte Baciccia den Hanswurst mit Lena, die vor ihm ging. Der Frühling, sowohl der Jahreszeit wie des Alters, befeuerte in ihnen die natürliche Lebhaftigkeit des Bluts, aber auch der Zunge: und die Traglasten und der steile Anstieg brachten sie in äußerst gesunden Schweiß. Am Eck des »Lorbeers« angelangt, dort, wo hoch oben Elenas Fenster ist, das zum »Giglio« hinunterschaut, hielten sie ein Weilchen, um zu verschnaufen: und vergaßen sogleich, daß die Klatschereien die Gewohnheit haben, sich von unten die Mauern hochzukitzeln und mit der hartnäckigen Zudringlichkeit einer Kletterpflanze daran emporzuklettern.

Elena, obgleich ungewollt, hörte sie. Da sie sie hörte, ungewollt, mußte sie wohl oder übel hinhorchen.

»Signor Claudio«, klagte Lena, »da ist keine Gefahr, daß der den Mund aufmacht. Dem seine Stimme möcht ich nur einmal hören!« Um fünf Uhr, nach dem Dirlingdingding, wurde er von Lisa in Mamileins Boudoir geführt, wo sich nämlich die Mama befand »mit einem fürchterlichen Kopfweh«: und die Tante Vittoria, mit der Brille auf der Nase und einem Leibchen »aus ganz weicher Wolle« an den Fingern und den Stricknadeln hängend, im Verstrickungsprozeß begriffen, in einem schönen Eidottergelb. Claudio wurde von den drei Frauen sanft umringt und zärtlich ermuntert, aus dem Zustand der Lethargie, in den er abzusaufen schien, aufzuerstehen: wie Lazarus aus seinem Grabe. Er sagte nicht ein Wort: hielt mit stumpfsinniger Miene die Zigarette zwischen Mittel- und Zeigefinger, fügte sich willig allen

Ermahnungen der Signora Gemma: daß er sich setzen, daß er Platz nehmen möge (ein kräftiger Sessel von antiker Machart, der einzige, der der Last gewachsen war, wurde ihm zugewiesen): dann, um die Wette, von Seiten der Signora Gemma und von Seiten Lisas, daß er ein Törtchen nehmen möge, ein petit four, noch eines, eine erste, eine zweite Tasse Tee, »mit mehr Zucker, mit einem Scheibchen Zitrone, mit ein klein wenig Milch«. Die Zigarette begann, in Anpassung an die Lippen, ebenfalls dahinzuschmachten: und ging nach ein paar Minuten ganz aus. Er fuhr fort, sie zwischen Zeigefinger und Mittelfinger zu halten, dann faßte er plötzlich einen Entschluß: zerquetschte sie nachdenklich im Aschenbecher: eine horizontale Falte auf der Stirn. Er nahm, schweigend, alles, was sie ihm anboten. Er nahm, in der Tasse, die Zitronenscheibe in Empfang, oder drei Tröpfchen Milch, mit metaphysischem Gleichmut, mit der Unbewegtheit des Philosophen: und hätte auch beides zugleich genommen, Zitrone und Milch, falls die Frauen es ihm angeboten hätten. Die petits fours und die Törtchen verschwanden, lösten sich in ihm auf, eins ums andere, wie ein Körbchen fauler Äpfel in der großen und grauen Wesenhaftigkeit eines Elephanten im Zoo. Riesige Füße, aus braunen Hosen herausragend, breiteten sich zur Eroberung des Parketts aus: besetzten soviel Fußboden wie sie vermochten. Seine Haltung gegenüber den Frauen war die von jemandem, der dem Ernährtwerden keine Hindernisse in den Weg legt. Man dachte unwillkürlich an ein Wickelkind, von dem die kluge Amme alles erreichen kann, was sie will, also es dazu bringt, alles zu tun, was es tun soll. Manchmal führten ihn Rosina und Lisa über schmale Korridore und Stiegen bis zur ausgekachelten Kartause, wo, wer den Wunsch danach verspürt, »sich die Hände waschen« kann.
All dies war Gegenstand von Berichten: unterm Fenster der Elena. Das Mundwerk Lenas legte, als nun das Schnaufen schwand und die Brüste sich beruhigten, die Erzählung tadellos hin. In nahezu unabänderlicher Weise wurde Claudio, wenn das Tee-Mysterium voll-

bracht war, verpflichtet, zum Abendessen zu bleiben. »Na, ja, bleiben Sie«, sagte Lisa mit einem Hüpfer und klatschte in die Händchen. Er sagte weder ja noch nein: er ließ die sanfte Gewalt der drei Wirtinnen über sich ergehen. In seiner Unbewegtheit und seinem Turmesschweigen verwirrte das Zephirlüftchen dieser weiblichen Zureden alle Fähnchen seines Gehirns.

»Bleiben Sie, seien Sie nett«, flehte Tante Vittoria mit gesenkter Nase und blickte ihn wohlwollend über die rutschende Brille an, ohne ihr fleißiges Fingerwerk zu unterbrechen: und mit einer leicht männerhaften Stimme.

»Sie wissen, daß Sie uns eine Freude machen, wenn Sie bleiben«, bestätigte mit wahrhaftem Tremolo der Freundlichkeit der Singsang der Signora Gemma.

Lena beeilte sich dann. Sie wußte bereits aus eigener Kenntnis, daß das Filet im Frigidaire, das als strategische Reserve für das Morgen, das dunkle Morgen (über dem das saturninische Bild des Adolf zu thronen schien) gehalten wurde, hingegen dem heutigen Tag als Verstärkung des Abendessens zu dienen habe: und das halbe Kilo Spaghetti desgleichen, welches dem Übermorgen, Freitag, bestimmt gewesen. Voller Initiative wie ein General, der unverzüglich beschließt (weil die Befehle ja unfehlbar seine Beschlüsse bestätigen würden), war Lena bereits dabei, ihr Problem anzugehen, indem sie ihren Busen in der Küche allüberallhin richtete, von der Speisekammer zu den Tiegeln, vom Wasserhahn zum Herd. Baciccia wurde noch am gleichen Abend oder am nächsten Morgen unter dem Fenster der Elena über alles Folgende informiert. Eines Tages: »Du lieber Himmel, was für ein Appetit!«, sagte sie: und aus ihr sprach die Köchin: »Nur du hast genau so . . . einen! . . .«

»Weißt du doch gar nicht, ob ich genau so einen habe«, widersprach der Blödian.

»Sei still, du Hammel!«

Und die Lena ging, ganz rot, zurück in die Küche: und knallte das ganze Grün ihrer Selleriestauden aus dem Marktkorb.

Gegen acht erlöste dann die sanfte Stimme der Signora Gemma, wegen des Kopfwehs etwas kläglich klingend, Elena aus ihrem Bücherfriedhof. Die Sanduhr hatte, hin und zurück, die Zeit angeliefert. »Lisa!« rief vom Fenster die Mama, fast singend. Hohes Schrillen der Schwalben über den scharfgeschliffenen Wipfeln der Zypressen, den seitlich vergoldeten. »Lisa!« Nicht die Bohne. »Lisa!« »Miaouu!«, machte der Kater im Hof, wo ein doppelter Geruch aus Töpfen sich auszubreiten begann, der Lenas und der der »Wedekind«. »Lisa!« ... Dann endlich: »Mama – lein! ...«, im gleichen durchdringenden Tonfall: ein gesungener Reim, wie eine Tirolerin die Antwort – lala – hihi! von der anderen Talseite singt. Die Antwort kam jedoch aus dem Wäldchen. Und zurücktönend die Signora Gemma: »Wo bist du?«: mit einer gewissen pädagogischen Härte: »Wo seid ihr?«: etwas süßer. »Wir sind hier! ...« »Wo denn?« »Hier auf dem Hügel, Mamilein! ...« »Was habt ihr Schönes gemacht?« ... »Wir haben den zweiten Akt zu Ende ...« »Den zweiten Akt von was? ...« »Von ›Wie es euch gefällt‹: Oh, Mamalein, es hat uns so gut gefallen! ...« »Solltest du aber nicht Cymbeline angucken ... hat man dir das nicht gesagt, vorgestern?« »Ja, Mamalein, entschuldige, stimmt; aber wir haben der Versuchung nicht widerstehen können ...« »Was für einer Versuchung?« »Von ›Wie es euch gefällt‹!« »Jetzt genügt es aber, Lisa. Es ist Zeit zum Abendessen ... Ihr müßt runterkommen ...« »Ja, Mamalein! ...« »Vergiß nicht, Lisa, eh du zu Tisch gehst ... denk daran, dir die Händchen zu waschen! ...«
Und Baciccia, der hinterm Gitter seines unterirdischen Gefängnisses einen seiner Kübel spülte, sah aus wie ein Apostel in Ketten. »Mamalein!«, äffte er die Lisa nach, indem er übertrieben modulierte, dann aber mit seiner rauhen Clochardstimme in genuesischem Singsang Signora Gemma nachahmte: »Wo bist du? Wo sind denn die Händchen?« Und die Stubenmädchen waren am Grinsen, unterm Geklingel der Gabeln. Und Baciccia, mit einem Brummeln wie ein verrollender Donner: »Mach du nur was du willst ... aber den Cymbeline laß

in Frieden ...« Und Bestecke rasselten herunter und im Abend, über dem Adolf thronte, gurgelte aus jedem Fenster das Lachen hoch, wie lauter Quellenstrahlen aus den Grotten der Villa d'Oria, der Villa d'Este oder wie die kleinen Kaskaden im Katarakt des Trevi-Brunnens. Die Frauen, die sich entrüsteten, oder doch beinah: die Signorine, die sich ausschütteten: »Hi hi hi, dieser Baciccia!« Die Wedekind da drüben, die konnte es nicht hören: hätte sie es gehört, so hätte sie den feinen Witz nicht mitgekriegt: hätte sie's verstanden, hätte sie dem Hausburschen gekündigt. »Was für ein frecher Junge!« sagte die Älteste der Pensionsdamen. »Was für ein sympathischer Typ ...«, sagte die Französischlehrerin von Grottammare. Selten, daß die Frauen nicht, zumindest als Vorstellung, über einen »Jungen« oder einen »Typ« verfügen, dem sie den Myrtenkranz des Adjektivs »sympathisch« verleihen: oder »lieb«, manchmal, in ernster gemeinten Fällen. Für Signora Gemma und Tante Vittoria und Lisa selbst war der Inhaber des Myrtenkranzes zu jener Zeit Claudio.

»Was für ein lieber Junge!« rief die Signora Gemma aus, als sie die zerstreuten Törtchen, die den Tee überlebt hatten, auf einen Teller versammelte: auf daß sie, zur Zahl Drei zusammengeschmolzen, ein wenig anständig aussähen, sich dem Auge besser darböten: »ein netter Junge, man muß es sagen ...«, bestätigte Tante Vittoria: »... noch alte Schule ... erinnerst du? ... wie sie zu unserer Zeit waren ... entsinnst du dich?« Signora Gemma gab kein Zeichen der Zustimmung. »... ein Junge ohne Harm ...: Man kann es kaum glauben, heute, wo so gewisse junge Leute herum sind ...« Nachdem sie die Brille abgenommen, legte sie endlich die Arbeit aus der Hand: sie zupfte sich den Schoß von den Fädchen, von den Wollfransen.

Bei Tisch, dem Bericht Lenas zufolge, der ihr von Rosina zugetragen wurde, war Signor Claudio auch dort weiterhin schweigsam. Er schwieg: nicht daß deshalb sein Mund untätig geblieben wäre. Begabt mit zwei wundervollen Halbrund weißer, unversehrter Zähne, und einer Zunge, die nicht die des Aeschines war, oh nein!, kaute und schmeckte er in rhythmischer Bewegung ganze Viertelstunden lang, während ein üppiger Speichelfluß herbeiströmte, um der Mahlmühle zu assistieren. Er zermalmte mitleidslos alles, was ihm eingefüttert wurde: mit einer Hingabe, mit einer Gewissenhaftigkeit, die dem exemplarischen Vorgang die hygienische Mystik der Schule von Salerno verlieh: »Prima digestio fit in ore.« Gewisse Medaillons von Filet, wie sie auf den Speisekarten genannt werden. Die drei liebreichen Tischgenossinnen, außer Rosina, die bei Tisch bediente, konnten nicht umhin, ihn, zwischen einer Gabelvoll und der nächsten, anzublinzeln mit jener zustimmenden Anteilnahme, welche die männliche Entschlossenheit für gewöhnlich fast allerorts auszulösen pflegt, vor allem in den weiblichen Herzen: »Der Ärmste, er hat Hunger!«, konnte man wohl auf ihren Gesichtern lesen. »Hat den ganzen Tag lang studiert. Ist bis zu uns heraufgestiegen ... um uns Gesellschaft zu leisten! ... Er muß sich doch stärken ...« Und er stärkte sich, jawohl. Das Medaillon hatte sich in Blitzesschnelle vor den Blicken der drei Darbieterinnen völlig verflüchtigt; und alle Bratkartöffelchen mit ihm. Fest zwischen zwei Finger geklemmt, kreiste ein Bröcklein Brot rund um den Teller: wie ein fleißiger Kehrbesen in den Händen des Straßenfegers, der alles bis aufs letzte Bröselchen zusammenholt. Draußen – die Nacht: die verdunkelten Häuser in der Nacht. Von der Bestie Adolf mit dem aus Predappio vermählt, unter unheilvoller Saturn-Zeus-Konstellation: die böse drohende Gefahr.

Claudio brach bald auf. Was schätzenswert war und zugleich ein Fehler des stummen Verehrers von Lisa. Ein Beweis jedoch seines Charakters, der zur Zurückhaltung in seinem Sprachgebrauch hinzukam. Er führte, wie der Duce, den »kategorischen Imperativ« an: des Studiums, in seinem Fall. Die Prüfungen, Ende Juni: der dunkle Heimweg, hinunter: von der halben Höhe des Hügels mußte er hinuntersteigen zum Ort. Soviel steht fest: kaum hatte er die Spaghetti demoliert, da hob er schon die Augen (zum erstenmal) zur Ticktack des Eßzimmers. Er nützte einen Augenblick, wenn die drei Frauen, alle drei, mit dem Teller beschäftigt waren. Sie aber spürten den Blick jedesmal wie den Stich einer unsichtbaren Mücke: und alle ließen ihn unbeachtet: durften ihn nicht beachten. Nach dem Medaillon wurde jedoch, wenn der Spinat vertilgt war, bei den Käsetellerchen, dem Obst, die Vergewisserung der Uhrzeit offensichtlicher. Im Antlitz des Jünglings, über der kräftigen Bewegung des Mahlwerks, die ihm zeitweise die Würde eines Wiederkäuers arabischer Wüsten verlieh, lag die Idee der Pflicht. Ein wissender Blick auf die Tock-Tock. Ein Beharren der physiognomischen Konstanten, ein etwas lethargisches Bestehen darauf, sich nicht mit überflüssigen Worten selbst in Frage zu stellen. Eine entschlossene Dumpfheit, die unbeirrt von allem Geschwätz, jedem Gerücht der Welt vorangeht: folge mir nach und laß die Leute reden! Eine horizontale Falte auf der Stirn, parallel zum Ansatz des Haares, das Dachform aufwies: wie auf der etwas trauerverhangenen Stirn des Vitellius im Borghese-Museum oder in den Uffizien. Sie erinnerte, diese Furche, die Damen daran, daß die Zeit ihrer Zugehörigkeit abgelaufen war, um der anderen den Vortritt zu lassen: der werkenden Stunde unter der Lampe, am Tisch.

Genau an diesem Punkt, nach dem offiziellen Blick, war es, daß Claudio das Angebot Lisas, öfter jedoch der Signora Gemma vernahm: das Angebot einer letzten Wegzehrung, eines »Zabaglione«, mit starkem Zet: den die brave Lena, von der Küche drunten, schon dabei wäre, im Handumdrehn zu liefern, also zu quirlen und heiß zu machen: mit der Meisterhand, die sie besaß. Die Wegzehrung würde indes sein Fortgehen verzögern; die Frauen »spürten« das: mit dem sechsten Sinn, den sie besitzen. Die Opfergabe der beiden lecithinhaltigen Bällchen (mit Weißwein gequirlt) wurde begleitet mit Lobgesängen auf die Henne Checca, oder mit zarteren Sprüchen auf Giuditta: erste und zweite Henne des Orchesters; die Padovanische und die Belgische, die Weiße

und die Rote. Auch dem Hahn wurde übrigens mit gewissem Umschweif sein Teil des Verdienstes zuerkannt: »Ein Schatz, die arme Checchina!«, schloß die Signora Gemma. Der Signor Claudio schloß nichts. Er wartete auf das Eintreffen des Zabaglione.
Wenn die Frauen ein gewisses Faible für euch empfinden, vermögen sie nicht, euch das Futter für den Schnabel vorzuenthalten: im Gegenteil. Die verliebten Frauen ... vor allem die Jungverheirateten gegenüber dem Mann ... In ihrer Güte und Freundlichkeit, und mit dieser Zauberhand, und dem Blick, den sie haben, und nur sie, sehen sie manchmal ganz danach aus, als ob sie euch schon im voraus einen Preis oder Lohn (ich möchte nicht sagen, eine Entschädigung, Wiedergutmachung) böten für die ritterlichen Dienste der Huldigung, mit denen ihr sie ungesäumt überhäufen werdet: und für die üppige Glut, mit der ihr in sie dringt: ins Herz dringt ... Manchmal kommt einem, was euch betrifft, der Gedanke an einen mütterlichen Instinkt eurerseits: der zugleich vorsorglicherweise milchführend und zarte Vorahnung des Austauschs ist, des Austauschs zärtlicher Gefühle ... Dies sind zarte Schattierungen des Gefühls, schillernde Unwägbarkeiten des physischen Zustands, dunkle Schwankungen des Nervennetzes, winzige Störungen des endokrinen Systems: über das zu sprechen kein Grund vorliegt.
Lisa, die sich gleichzeitig mit Signor Claudio von Tisch erhob, geleitete ihn in den Hof und trat mit hinaus auf die Straße: mit wiederholtem Winken der Hand vertraute sie ihren Kavalier der Nacht an.
Eines Abends – ein Zufall. Weil Verdunkelung angeordnet war. Aber ... beim Charakter der lateinischen Völker ... gelegentliche Verstöße ... gegen die Vorschriften und die Strafandrohungen des Präfekten ... Es war also eines Abends gegen zehn. Baciccia hatte den Auftrag, jeder Dame eine Flasche (Brunnenwasser) zu bringen, für jedes Zimmer ... nachdem er sie am Brunnen im Hof abgefüllt hatte, wo der Wasserspeier in den Eimer spie: mit mühsamem, spärlichen Gurgeln übrigens,

als wäre er dabei, sich den Mund zu spülen und spucke immer wieder aus.

»Mir quirlst du ihn wohl nicht, den Zabaglione, was ...«, brummelte er die Lena an.

»Sei still, du Viechskerl ...«

Auch für Elena, natürlich, eine Flasche Brunnenwasser. An jenem Abend, wie jedesmal, klopfte er an: trat ein. Er sah sie, aufrecht am Fenster, im Dunklen, wo sie in den Sternen zu rätseln schien. »Was für eine schöne Nacht, Signorina Elena!«, seufzte er; und blieb auch einen Moment stehen, hinter ihr, um nach den Gestirnen zu schauen: mit der Flasche in der Hand. Nur einen Moment lang. In diesem Moment wurde es drunten hell, im Winzerhäuschen, hinter der Fensterwand der Violante. Sie sahen, sahen sehr gut. Die hohe und schöne Gestalt der Malerin zeichnete sich ab vor dem Licht des Ateliers: sie entbot die Hand jemandem, der, aus dem Dunkel getreten, ein wenig linkisch sich verbeugte, um sie ihr zu küssen. Sowohl Elena wie Baciccia erkannten in jenem Küssenden, kaum daß er sich aufgerichtet und mit dem ganzen Kopf die Frau überragte, Claudio. Die Glastüre schloß sich; das Licht wurde abgeschnitten, war nur noch ein Spalt und erstarb. Es verschwand in sein Tintengrab, hüllte sich in Pauspapier: in die vom Präfekten vorgeschriebene Violettfarbe.

»Der Signor Claudio!«, murmelte der Baciccia, »bei der Signora Violante! Nach dem Zabaglione von der Signorina Lisa! ...« Aber er, der aus Genua stammte, sprach das Zet, wie die dort oben, fast wie ein scharfes Es aus.

Nach dem Zapfenstreich

Hase, Pilze und Polenta im Kreis der Freunde mit den roten Lippen, den fettigen: wenn der Brotlaib vertilgt ist, ein paar Krümel zerkaut, die blasen sie dann, lachend und schmatzend, weg in die Dunkelheit. Dem Alpinihut, im Nacken sitzend, hat sich die Feder quer gelegt: die Tolle drängt sich raus, schief nach vorn, unter der Krempe. Die Kellnerin in Ekstase. Der Wirt, es ist der Bàgol, voller Stolz auf seine Hasenbeize: und Flaschen herauf aus dem Keller, eine hinter der anderen. Die Augen alle voll Glanz: wie dunkle Juwelen. Die Stalltür halb offen: der Esel, man sieht ihn nicht, stumm wie der Sekretär von Panigarolo. Halboffen das Gatter zum Gemüsegarten, ein Viereck voller Himmel und Nacht und fernen Lichtern, die Truthenne stolziert noch auf dem Steinboden herum, wieder munter geworden: Carletto, hinter ihr her, pißt ohne es zu merken. Septemberzufälle, Septembersterne! Und die ersten Schauder von droben, von der Berghütte. Das Petroleumlicht zieht und raucht, »weil die vom Elektrizitätswerk alle Lumpen sind«. Zwei Fräuleins kommen herein, wundervoll angemalt, die in einem Zimmer oben »auf Sommerfrische« sind. Da fühlen die Alpini das Bedürfnis, sich mit dem Handrücken die Lippen zu putzen. Dalò schneuzt sich die Nase, bringt sich wieder in Ordnung, setzt sich zurecht. Eine zweite Schicht von Röte, unter der ersten und ständigen, die ihm Gebirg und Flasche verliehen haben, bremst ihm in der Kehle die Liebenswürdigkeiten, die man nun eigentlich vorbringen sollte. Bei den vielen freundlichen Sätzen, die er immer den Fräuleins zu sagen erträumt hatte, sobald der geeignete Moment dafür gekommen wäre! Und jetzt verrauchen sie alle, mit einem Schlag.

Endlich, nach ziemlichem Geschrei und Gegurgel und Gelächter, das die Truthenne verschreckt hat, gelingt es dem Wirt und seiner Gattin (na, los! na, los doch!), sie zu überzeugen, daß die Alpini, ihre Stammkunden, letztlich sehr brave Burschen sind. Nie haben sie etwa gegrabscht, nach den Feigen, ohne erst um Erlaubnis zu fragen, oder nach dem Hals von einem Huhn. Oh! drauf würden sie schwören, sowohl er wie seine Frau. Dann also konnte man, alle zusammen, ein Spielchen machen: eine Lotterie spielen, mit Bohnen: auch die Cesira macht mit, gewiß, auch die: ganz verzückt, hochgeschwellt.
Ein Gesicht, eine Wange, hier und dort, nähert sich einer anderen: um die Ziffern zu kontrollieren, sich beim Zahlenlesen zu helfen. Die Fräuleins sind sehr gut mit Zahlen: sind Schullehrerinnen, so erfährt man. Sie haben in Brescia studiert! Die Hände der Alpini möchten, möchten wenigstens eine Liebkosung! aber es geht nicht, sie wagen es nicht. Einen Stücklader placieren, mit sechs hochaufgerichteten Fähnchen auf dem Gefechtsstand, das war nichts im Vergleich. Aber das hier!
Einige feierliche Schläge. Elf Schläge vom Kirchturm des »Miracolo«: breiten sich aus, wie Ringe, in der Einsamkeit der Nacht.
Die Fünf, Giovannino voraus, beschließen, von der Bergseite her in die Kaserne zurückzukehren, und spielen dabei noch dazu mit dem Ball, um die angesammelten Energien verpuffen zu lassen. Die genagelten Stiefel knallten auf Pflastersteinen und Schotter des Saumpfads: hier und dort ein Funken: der elektrische Strom entlädt sich durchs Eisen. Sie störten aufs scheußlichste den Hauptfeldwebel Zaniboni, den Bortolo, der hinter der Apsis des Kirchleins von San Giuseppe (unter Denkmalschutz!) zufällig, zwei Stunden vorher, eine Freundin seiner Kindheit getroffen hatte: von der er sich beim ersten Nahen dieses Radaus von Stimmen und Gelächter und genagelten Stiefeln löste, hochgeschreckt überdies dadurch, daß ihm sowas wie ein Vieh zwischen den Beinen durchsauste. Aber es war nur der Ball, der den Stiefeln vorauslief.

Dann, fast drunten im Dorf, unterm Fenster des Mèrica, auch Gialdone genannt, sagte Giovannino, als ob ihm plötzlich was einfiele: »Wartet mal«. Er pflanzte zwei von ihnen gegen die Mauer, hievte sich hoch, indem er sie am Hals packte (steif waren sie wie Pfähle), und auf dem Podest ihrer Schultern kriegte er das Fensterbrett zu fassen. Gialdone hatte, nachdem er dem Sohn des Apothekers eine Rechenaufgabe verpaßt hatte, dem Allmächtigen sein Abendgebet dargebracht. Endlich war er eingeschlummert: mit einem Glas Zuckerwasser auf dem Nachtkasten, denn in der Nacht... man weiß nie... vielleicht ein Schlückchen Wasser... Das Fenster hatte er nur angelehnt, wie gewöhnlich. Es war im ersten besten Schlaf, als ein Eselsgeschrei, das in der Coda in ein Gockelkikeriki hinübermodulierte, ins Dunkel der Kammer platzte, in die Diskretion des Mobiliars, während die Fensterflügel plötzlich aufschlugen: wie durch einen Windstoß. Der feinsinnige Mensch schreckte hoch aus den Träumereien von Prozessen und Streitsachen mit den Anliegern und von Beschwerdeschreiben an die Behörden, die ihn bereits völlig umhüllt hatten, dank auch des üblen Magensaftes durch einen Gurkensalat: er begriff sogleich, daß er tödliches Herzklopfen hatte. »Hilfe! Zu Hilfe! Heilige Muttergottes!« Doch ein Klirren von flüchtenden Eisenbeschlägen rollte über die Pflastersteine des Wegs hinab, der nunmehr steil abfiel, in seinen letzten Kehren und Wenden an der Hinterseite der Garibaldikaserne.
Beim Rennen stürzte Dalò, schlug mit Nase und Backenknochen auf einen spitzen, aber schon sehr spitzen Stein! Ganz benommen stand er auf, mit einem Knie, das sich zum Fluchen anfühlte: setzte sich, hinkend, wieder in Trab, um mit den anderen hinunterzukugeln. Blut rann ihm über die Finger, auf die neue Montur, tropfte auf den Schottersteig. Der Ball, wie ein von Treibern aufgeregter Hund, sauste voraus zwischen den Steinen: und sie lachten und rannten bis sie zur Kaserne kamen. Doch ein letzter kolossaler Fußtritt schleuderte ihn gottweißwohin. »Scheißkomiß!«

Beim Suchen und Suchen, hinauf und hinunter, zertrampelten sie den ganzen Salat im Gärtchen, das wie in einer Schlucht unterm Wehrturm der Garibaldikaserne und vorm Haus des Gialdone liegt. Zermalmten, ohne mehr drauf zu achten, einen Haufen heruntergefallener Pflaumen und Feigen; und klaubten auch, im Dunkel, viele auf, die aber nach Ameisen schmeckten. Drinnen, im Wehrturm, schien sich keiner zu rühren, man hörte niemanden schnarchen. Man muß wissen, daß die Garibaldikaserne mehr ist als ein Kastell, nämlich eine Gebirgsfestung, voller Mäuse, voller Höhlen und Stufen und Löcher und Zellen und Stiegen, wie ein Einsiedlerkloster im Berg, aus grauem Stein, wo sie tatsächlich einst drin gewesen sind, jene: und um Mitternacht aufstanden, um ihre Litaneien herzusagen, zur Buße. Jetzt, da konnte man es gar nicht mehr aushalten, mit dem Lederzeug und den Patronentaschen, wo doch das Leder für gewisse Rattenbiester so was ist wie Hase in Beize. Dort ist, außer den Ratten, der Wind Herr über alles, und dort hatten sie ihre Pritschen, die fünf Genossen von der »Leichten«. Diese Brutstätte von steifen Hälsen, mit den Luken, deren Scheiben fehlten, ragte hoch, direkt überm Salat des Gialdone. Sie beschlossen zuletzt, jede Suche aufzugeben: weil man im Finstern ja doch nur auf Matsch trat, mit den Füßen.

Klammheimlich, trotz der Zweiliterflasche, die sie sich in die Kehle gegossen hatten, hievten sie sich über ein gewisses Mäuerchen, umgingen ein gewisses Törchen: das »iih« machte, kaum daß man's anrührte. Sie rührten's nicht an und so machte es nicht »iih«. Den Posten, mit seinem genagelten Schritt, hörten sie ruhig auf- und abschreiten auf dem Trottoir der Straße hinterm Kommando. Das Wasser tropfte aufs Blech des Waschraums und in die finstern Löcher der Latrinen. Und der wachhabende Offizier ... ha! der wachhabende Offizier!

Schwiegervater / Schwiegersohn

Als der Hauptmann Delacroix um die Ecke des Korridors schwenkte, paßte er sehr auf den Boden auf, um nicht erneut zu stolpern, und zwar dort, wo erneut der neue endlose Läufer anfing: er bemerkte hierbei den bewegungslosen Nataniele, nah bei der Wand, auf der rötesten Bodenkachel: in der Haltung eines Philosophen, der den Hals einzieht, wenn's donnert aus dem Himmel und man den Hagelschlag erwartet. Das schlimmste Hageln waren für ihn die Absätze der Gäste: aber sein heller Intellekt hatte ihn schon merken lassen: nein: die Absätze des Hauptmanns waren die eines Herren und Tierfreundes. Nataniele war dem Hauptmann vom Sehen bekannt: weil er ihm mehrmals begegnet war auf der kilometerlangen Flucht der Korridore oder im Bad oder in einigen der Toiletten. Er war eine in der Furcht des Herrn wohlerzogene Assel. Sodaß die Schuhe, wie auch die Pantoffeln des Hauptmanns jedesmal weiterzogen. Auch die Schuhe der Elettra, der Angela, die des Giacomino und des Vinicio (also des Personals vom Südflügel), außer den übrigen, des Kochs, des Küchengehilfen, hegten für ihn eine Art Kult oder vielmehr heiligen Schrecken, sodaß man meinen mochte, sie seien Anhänger der Religion, also des heiligen Totemglaubens, dessen »Totem« eben er, Nataniele zu sein schien: ein pechschwarzer Fleck auf dem glänzendsten, also wahrhaftig korallenen, Sechseck. Vielleicht besuchte er die Schulen der Theologen, die bei den Asseln so häufig sind, und allesamt ausgezeichnet, wenngleich uneinig in puncto Lobgesänge, die man dem Ewigen zu zollen hätte; vielleicht las er heimlich Spinoza, vielleicht den Aristoteles in den arabischen Kommentaren. Der Hauptmann ging stracks weiter. Aus dem Speisesaal drang ein Geklirr:

»Elettra!«, rief eine freundliche Stimme: deutlich brach aus einer wirren Unterhaltung das Wort »Spinat« hervor. Vor dem Milchglasfenster im Hintergrund machten die beiden Netzhäute des Ex-Hauptmanns die schwarzgekleidete Angela aus, oh, ihr so junges, verwirrendes Profil! eben in dem Augenblick, als sie den Saal betrat mit einer großen Platte, hochgetürmt wie ein Strohhaufen: ein Triumph von »Vermicelli«, so pflegten der Hilfskoch, der Koch und das Personal ganz allgemein die Spaghetti zu nennen: »Vermicelli mit Vongole« sagten sie. Die planetare Zusammenkunft Vongole-Vermicelli trat dienstags und freitags auf. Das begann im Gemüt des tapferen »Heimkehrers aus dem Weltkrieg« den angeborenen Schiß vor dem Schwarzen Freitag verblassen zu lassen. Die Idee der »Vongole«, das Profil der Angela, oh!, welch ein köstliches Schwarz vor dem weißen Hintergrund der Fensterscheiben! die geträumte, stumme Beschwörung des Fleisches der Elettra, alles trug ein wenig dazu bei, das Feuerchen der verbliebenen Energien anzufachen, das noch, vor allem wenn es ein Uhr schlug, knatterte, drin im grauen, zwar etwas altmodischen »complet« des aus dem Krieg gekehrten Ex.
Er warf einen Blick auf die Post-Konsole: einen weiteren, gleich anschließend, in den darüberhängenden Spiegel: welcher ihm im barmherzigen Halbdunkel das gewohnte, etwas bambocceske, mit gewisser, trauriger Ernsthaftigkeit gewappnete Gesicht zurückwarf: keinen Schnurrbart jedoch. Er richtete sich in der Taille auf, belugte sich nochmals im Dunkel dieser gesprungenen Antiquität, dachte, daß ein Schnurrbart, ein schöner, stattlicher Schnurrbart hier sehr angebracht wäre. In diesem Augenblick platzte eine zugleich heisere und schrille Stimme, rissig und gesprenkelt, von weiblichem Ungestüm, von jenem Typ, die Delacroix eben als eine *voix crépitante* oder *voix égophonique* (Ziegenstimme) bezeichnet, in Wirklichkeit die einer Krähe, in streitsüchtiger Weise mit einer unglaublichen Behauptung herein: »Der Duce ist ein Genie!«: »Ah, ça non, par exemple!...«, erwiderte *du tic au tac* eine andere Stim-

me, die ebenfalls hohl und heiser war, aber mehr nach Ziegenbock tendierte: »Ich habe gesagt, daß er ein Genie ist, ein Genie! ...«, kreischte erneut die erste der beiden Stimmen »... ein echtes Genie!« Und sie spitzte sich wütend zu bis in den Himmel der Hysterie. »Aber die Stimme kenn ich doch«, brummte bestürzt der Hauptmann: und trat mit erhobenem Haupt in den Saal, mit dem ganzen Anstand und zugleich mit der Gefälligkeit, welche in jenen Jahren um seine Person zu schweben pflegten, und wenn man diese erst in ihrer Haltung bei Tisch sah ... Ein Gemurmel, ein entrüstetes Brausen des Protestes war hörbar, begleitet vom Klingeln des Silberbestecks: einige der Herren und Damen konnten, wegen des vollen Mundes, sich übrigens nicht rechtzeitig der kollektiven Entrüstung anschließen. Die Vokabeln »anzeigen«, »wir zeigen an«, »Strafverschickung«, »Polizei«, »Palazzo Braschi«* flackerten von einem Tisch zum anderen, entlang der weißen Loyalität, der kristallenen Gutgläubigkeit und dem Margaritenschmuck des – nicht mehr *dining-room*, sondern heutzutage – Speisesaal: wo man das *dinner* mit »Vongole«, Modell 1941, gerade zelebrierte.

»Guten Tag, Hauptmann Delacroix!«, grüßte die Signorina Eleonora mit lebhafter Freundlichkeit: indes der Herr in reifem Alter ein wenig eingeschüchtert von den Damen, die seit dem Vortag an Zahl zugenommen hatten, sich setzte: genau da, wo seine Serviette wartete: ein wahrhaft glücklicher Zufall, alldieweil man ihm fast jedesmal einen neuen Platz »zugewiesen« hatte, an einem neuen Tisch, mit neuen Damentypen. Angela kam herbei. Er hatte sich noch nicht auf dem Sessel verankert, als die Signorina ihn bereits umschmeichelte, indem sie die Hand und den Arm ausstreckte, um ihn mit jemandem bekannt zu machen, aber mit wem denn? » ... Vielleicht ... kennen Sie noch nicht die Signora Piva ... sie ist Mailänderin ...« »Oh, gewiß!«, reagierte der Haupt-

* Sitz des »Fascio di Combattimento« (faschistische Kampfgruppe) der Hauptstadt.

mann mit einem freundschaftlichen Lächeln: »Huren... teufel!«, fluchte er innerlich, drin im geschlossenen Panzer des grauen *complet:* den er, verspätet, als zerstreuter Mensch, sich zu öffnen anschickte. Häßlicher Ausdruck, ha!, der obige, dem Namen des Teufels vorangestellte: und dennoch, nicht ungebräuchlich im inneren Vokabularium dieses Tapferen: »Mademoiselle Dupont...«, fuhr, mit sanfter Unerschrockenheit die Signorina Eleonora fort, als zähle sie die Perlen der Krone auf der Krönung des Saals: »Der Hauptmann Delacroix...«, und es war tatsächlich sie, das *par exemple,* diese Dupont, mit dem aufgezwirbelten Hut auf dem Kopf und einer Art *renard,* die Ärmste, um den Hals: und auf dem Hut, einem Hut von 1912, drei oder vier Federn eines nicht definierbaren Hahnenviehs, das der Sturmwind von 1914 grad ausrotten wollte: angestrichen, im welken Gesicht, mit einem Tizianrot und einem Veronesergrün, die im Sturme des Gefechts sich zornig miteinander vermischt hatten, indem sie, alle beide, willkürlich über die Einflußzone des anderen eingedrungen waren. Ein blauer Schnurrbart, ebenfalls venetianischer Schule, durchquerte die eine Wange des großen Ziegengesichts, vom linken Mundwinkel bis zum äußersten Ende der entsprechenden Augenbraue. Die Nase, armes Geschöpf! war alles andere als »ein französisches Stupsnäschen«, denn es war ein Gimpel, man wußte nicht welchen Landes, der nach unten wies.

Dieses erbarmungswürdige Hennenvieh, so zerrupft und doch so stolz, mit ungebeugtem Nacken, nach jedem Moment gespannten Unwillens den Schnabel wieder aufrichtend, um auf jede Schmähung zurückzuhacken, diese Frau, ohne Mann zur Seite und ohne Gift zur Hand, so nahe dem Konzentrationslager von Terni, nachdem Mentone sie ruiniert und alle ihre Mittel erschöpft hatte, die letzten, schmutzigen Scheine aus der *trousse,* die allerletzten hundert Lire, sie, die zuweilen nicht mehr Frau, sondern nur noch gedemütigter Schmerzensschrei war: sie löste eine rächerische Zuneigung in der perfekt gallischen Reaktionsart des Hauptmanns aus: sie war es, die unter so vielen Tischgenossen die Fahne hoch hielt: sie, die Spaghetti Spaghettì nannte und Vongole Vongòl. Der Ex hätte aufstehen mögen und sagen: »Haltet's Maul, ihr Taugenichtse, es reicht!« Als Mann, dem es nicht an Hausverstand fehlte und an einem Funken Geduld, zog er es, indem er die Lawine von »Vermicelli« aus der schräggeneigten Servierschüssel der Angela auf seinen Teller beförderte, vor, sich mit der Piva den angebrachten Gepflogenheiten zu überlassen: den unausweichlichen, angesichts der weitzurückliegenden Vorgeschichte: schon schwamm die Piva im Froschstil im Sirup der nostalgischen Erinnerungen: nachdem sie sich den Duce aus den Eingeweiden gezogen hatte, war sie bereits dabei, ihn mit den geliebten Knollen des »Mailand«, »Ach, unser Mailand über alles!« zu ersetzen, »lassen Sie es mich mit lauter Stimme sagen, Sie, der Sie doch auch aus Mailand stammen, wie ich«. Die schrille und ziegenhafte Stimme hielt unbestritten die Walstatt in sieghaftem Geknatter, während alle kauten. Der Feind schoß nicht mehr. Die Herrin der Stimme beruhigte sich, überzeugt davon, einen alten Bewunderer wiedergefunden zu haben: einen »Ex«. Den Frauen ist manchmal die Wiederbegegnung mit einem Ex gar nicht unangenehm. Vor allem, wenn der Ex ein Kriegsteilnehmer ist, ein Ex-Hauptmann der Alpini, einer der »das Vaterland liebt«: und also auch den Duce, da ja das Vaterland sich mit dem Duce identifiziert. Draußen ... regnete es. Vor zwei Tagen war Griechenland der Krieg erklärt worden: das war der Beweggrund, warum die Signora Piva ihn als ein Genie empfand, den Großmarschall von Italien, »ein politisches und militärisches Genie« bestätigte sie, nach dem »Ach, mein Mailand«, sich weiter mit dem Hauptmann, dem Delacroix, unterhaltend, doch indem sie zugleich mit schrägem Blick die Dupont niederblitzte. »Finden Sie nicht? ...« Der Hauptmann sah dazu, daß er gerade einen vollen Mund hatte. Indem er, *more suo*, die Einverleibung der »Vermicelli« mit Brot begleitete, geriet ihm sogleich ein Krümel verquer, dann eine halbe »Vongola«, er hustete

prustend in die Serviette, blauangelaufen, viele feuchte Böselchen kamen ihm aus der Nase, die Signorina Eleonora erhob sich, klopfte ihm sanft auf den Rücken, mit ihrer schwachen Hand. »Nun, nun, nur Mut, trinken Sie einen Schluck Wasser«, die halbe »Vongola« kam ihrerseits aus der Nase geschossen, Angela kam, da Elettra verhindert war, herbeigelaufen und goß ihm ein Glas Wasser ein. Die Herbeikunft dieses ganzen Roten Kreuzes rettete ihn davor, eine Antwort geben zu müssen, erlaubte ihm, das »ja, doch« nicht auszustoßen, das er, verzweifelt, bereits ins Blasrohr gelegt hatte.
»Man muß schon Feinde im eigenen Haus haben, um sowas mitanhören zu müssen! ...« (sowasss!), also die Verneinung des Postulats der Genialität (des Obersten Marschalls). »Da kann ich nicht still sein«, knatterte noch immer die Stimme. »Ich bin eine italienische Frau, die Gattin eines italienischen Offiziers, eines Kämpfers! ...«
»... Ihr ... Gatte ...«, wagte, ziemlich zögernd, der übervorsichtige Delacroix einzuwerfen.
»Mein Gatte ist Oberstleutnant im Generalstab: er arbeitet Tag und Nacht für sein Land ... Mein Gatte kämpft mit Herz ... und Hirn ...«
»... Und wooo ...«, erkundigte sich der Hauptmann, ein wenig neu gekräftigt.
»In der Via Venti Settembre ...«, verkündigte die Piva. »Im Führungsstab der Kampfunternehmung Griechenland des Kriegsministeriums ...«, fügte sie dann hinzu, mit leiser Stimme, sehr vorsichtig: indem sie ihm, dem Mitbürger Delacroix, den speziellen Schauer jener äußerst geheimen Information zugestand. »Aber er ist eingezogen ... zur Kampfformation ... Sagen Sie es um Gotteswillen nicht weiter ... Aber er könnte sich mit dem Feldzugsabzeichen schmücken ... Kämpfer im wahrsten Sinn des Wortes ... Er ist es, der die Aufmarschpläne ausgearbeitet hat ...«
Sie sagte, die Gattin, nichts darüber, daß der Oberstleutnant-Gatte, der Ärmste, »die Mahlzeiten auf der Kammer« einnahm: und er nahm sie dort ein, weil er in

Arrest war. Pah!, das erfuhr man erst einige Tage später. Und er war in Arrest, weil er beim Vordisponieren, als großer Straßenspezialist, der er war, der die Marschrouten für das Fünfte Armeekorps, das einen blitzartigen Vormarsch quer über die Hügelchen des Epirus ausführen sollte, »um in zwei Zügen jeden Versuch des Widerstandes der Griechlein zu zerschlagen«, sich hingegen, als mit einer gewissen Mäßigung begabter Mann, damit begnügt hatte, das Fünfte Korps sieben Kilometer am Tag vorrücken zu lassen: »Sieben Paar Stiefel hab ich durchgelaufen!«, wobei er sich offensichtlich auf die einzige und unverbrüchliche Angabe eines totalen Mangels von Angaben über den totalen Mangel an Straßen im Schoß der obengenannten Berglein stützte. Aber der Oberste Marschall Italiens, politisches und militärisches Genie wie nur eines, hatte dekretiert, daß man innert fünf Tagen nach Athen gelangen müsse: und dagegen hielt kein Bart des Propheten von Epirus stand: man mußte, Befehl des Duce, täglich vierundvierzig Kilometer vorrücken, »mit Stiefeln oder ohne Stiefel«, wie es in dem Lied der Alpini heißt, im Lied von dem Hauptmann, dem Herrn Hauptmann, der in der Schlacht im Sterben liegt und die vier Teile seines Herzens hinterläßt und verteilt. Aber für die Überquerung des Epirus gab es keine Stiefel, und auch keine Strümpfe: und dies in gehorsamer Beachtung eines der sublimsten Dekrete des Genies selbst, des politischen und militärischen, das lautete: »Der Geist bezwingt die Materie«, wie übrigens auch ihre erfrorenen Füße, die ein Chirurg, in Brindisi, vom jeweiligen Bein sich abzusägen mühte, einen Fuß nach dem andern.

Die Angst, die Dringlichkeit, den Skandal zu dämpfen – eine Gruppe deutscher Offiziere sollte eintreffen, nach der Patrouille der federgeschmückten Italiener und der Würdenträger mit der Wanze (im Knopfloch), nach denen, die »wir zeigen das an, wir werden es anzeigen« sagten – ließen es, nachdem die leeren Schalen auf den Tellern lagen, der Signorina Eleonora geraten erschei-

nen, den Gästen, den Vertrauten in ihrem *boudoir* mit friedensstiftendem »Prosit« ihr spezielles, gebranntes Wässerchen zu offerieren: damals, in jenen Jahren, handelte es sich um einen mittelmäßigen *cognac*, der, da er italienisch war, diesen höchst italienischen Namen trug. Sie lud also die Nächstliegenden mit der gewohnten Höflichkeit zum autarkischen, wie sie sich ausdrückte, *cin-cin:* den Hauptmann, einer der Nächstliegenden, er war auch einer der Vertrauten: oh! im artigsten Sinn des Wortes. »Ich darf keine Schnäpse trinken!«, krächzte die Piva.
Auch Mademoiselle Dupont machte sich davon. »Il me faut déguerpir: ça vaudra mieux«, prasselte sie zwischen zusammengebissenen Zähnen (aus schmalem Mund) hervor, den Nasengimpel in abstinentem Grimm schaukelnd: um so mehr, als der aus der ebenfalls etwas mitgenommenen *trousse* gezogene runde Spiegel ihr den Schnurrbart anzeigte. In Wirklichkeit hatte sie im Fluge erfaßt, daß sie, als Feindin, nicht das Zuprosten mit dem gebrannten Wasser annehmen könnte, das ihr von der Madame Piva verweigert wurde, die mit der italienischen Staatsangehörigkeit ausgezeichnet und legitime Gattin eines italienischen Korpsoffiziers Seiner Majestät war, von ihr, die sich in Rom, der Hauptstadt Italiens, als Herrin des Hauses fühlte: obgleich sie doch aus »Unserm Mailand, Mailand über alles« hereingeschneit kam.
Die Dupont sah bereits im Geiste den Stacheldraht vor sich, den Wachposten mit der umgehängten Maschinenpistole davor, auf und ab, auf und ab, die Pritsche, und die Brühe: ihr schien bereits, des Nachts, wenn sie sich furchtsam im Bett wälzte, daß sie die Stiche der Wanzen spüre: das waren die fleisch- und beingewordenen Parteiabzeichen, ha!, »voyons«, die sich manchmal, alle Grade umfassend, entfesselten, erbarmungslos beweglich wurden: sie piksten sie an den Gelenken, in die Nierengegend. Auch der Hintern, auch in den Hintern piksten sie sie, *les fesses aussi, les fesses aussi:* Wanzen, Flöhe, »cette sacrée vermine!«. An die Läuse wagte sie gar nicht zu denken: sie hatte von zweierlei Gattungen,

zweierlei Rassen erzählen hören, ja, auch bei denen: Kleiderläuse, Kopfläuse: Arier und Juden. Der ganze Strom von Reden, Versprechungen, von Drohungen, alle die Kernsprüche vom Balkon, dieses ganze Heldenepos ohne Kanonen und ohne Stiefel mündete in ein Meer von Läusen, von Lumpen, von Hunger, von Lebensmittelkarten. »M'en fiche pas mal, moi, de cette sale histoire!«. Es regnete. »Pourvu qu'ils ne me flanquent pas à leur concentration! ... Mais de quoi vivre, mon Dieu! ...«

So blieben nur zwei Personen, die man zum »boudoir« lotsen konnte: der Hauptmann in *complet*, »bien que quelque peu démodé«, und die einstige *miss* Bargon, nunmehr *Fräulein*. Selbige war eine große und kräftige Frau, die bei Tisch kein Wort geäußert hatte: der Blick etwas tranig benommen, wie von einer leichten Augenentzündung, obgleich sie keine Brille trug, dann ein voller, geschwellter Hals, die Haut wächsern-milchig, das alles fügte sich zusammen, um Zeichen zu geben von einer *facies basedowoide*. Schwarz die Haare, von äußerster und stummer Reserviertheit, war es nicht auszumachen, ob ihr Gesicht und ihr liebenswürdiger Blick der moralischen Betrachtung, der psychologischen Analyse oder der Berechnung zuzuschreiben waren, oder allen dreien. Wenn sich ihr ein wenig trauriger Blick auf den Hauptmann, oder vielmehr auf sein Gilet und nicht sein Gesicht heftete, schien er eine gewisse Verlegenheit und zugleich eine gewisse Interesselosigkeit an den Tag zu legen, eine schüchterne oder trübselige Ratlosigkeit. Sie sah aus, als ob sie nicht begreifen könne, was ein Hauptmann sei, was »die« Hauptmänner seien, alle die unzähligen Hauptmänner der Welt. Dem Hauptmann Delacroix fielen, wenn er die Frauen beurteilte, manchmal seine Klassiker ein: das stimmt: überschritt aber nicht die Grenzen einer kindlichen Vermutung: sie, sie hielt er für fern und unbeschadet von den Stürmen des Sex, zumindest vom *tangage* sexueller Navigation. Vor dem Jahr 1939 hatte die Bargon bei ihren spärlichen Äußerungen perfekt amerikanisches Englisch gesprochen:

jetzt hatte sie einen Schweizer Paß und sprach auch Deutsch. In gelassener Erwartung der in biblischen Lettern am Himmel geschriebenen Katastrophe, dieser bleiernen Wolke, die nunmehr ganz schwarz war von Pfeilen, scherte sich der Hauptmann Delacroix nicht um die Verdächtigungen noch darum, irgendetwas, in welcher Richtung auch immer, ergründen zu wollen: wenn sie eine deutsche Spionin war, die Bargon, um so schlimmer für sie: wenn sie eine amerikanische Informantin war, via Zürich oder via Papst, um so besser für alle. Er folgte den beiden Frauen durch die Korridore, still und stumm, wie ein Kalb am Strick, das an den Altar eines Gottes gezogen wird, an den die Kälber nicht glauben. Bei der Amerikanerin oder Schweizerin, fühlte er die Zugehörigkeit zu einem weitentfernten Volksstamm, die Herkunft von einer Quelle und Tradition, die unvorhergesehen war für das Wesen, das in Scharfsichtigkeit und Verzweiflung bestand: hatte nichts zu tun mit dem Käse vom »Oberland«, und auch nichts mit dem Ahornsirup der Alleghenies: die Seenplatte war ein erst kürzlich erworbenes Vaterland, von Kaminen wie mit Türmen besät, durchquert im Zickzack von Eilzügen, mit dem rauhen Warnruf aus den Nebelschwaden der Flußbetten.

Ihr schwarzseidenes Kleid gefiel ihm: nicht ganz so wie die schwarze Seide der kleinen Angela und der Elettra. Ihr Volumen waren möglicherweise beträchtlicher als die der Elettra, aber hart, fordernd, verkapselt, gummiartig, zäh: ohne jenen lebendigen *ginger*, der die »Elettrischen« so wissend, so elektrisch dreist machte. Sie gefiel ihm in der Vorstellung, Elettra elektrisierte ihn. Bei ihr hatte er das Gefühl, der pilgernden Tristheit in den Zügen und auf den *liners* aller Linien auf allen Routen des Ozeans nachzueilen: in ihr bewunderte er die nachdenkliche und schweigsame Seele, wenn sie auch gestützt wurde von allen Idiomen aller reichen, organisierten Zivilisationen, die begabt waren mit Motoren, Textilien, Brillengläsern, Goldzähnen und mit Geist. Bei der Elettra sah er, kaum daß sie den Mund auftat, die beiden weißen Krönchen, die im Lachen blendend scharfen

Mandelzähne, welche der Knoblauch der römischen Küche vor der Vergoldung bewahrt: er erträumte ihr blendendes Fleisch, die verhohlene Spaltung im Halbschatten des Geschlechts, das ihr weißes Puppenschürzchen, 15 mal 15 Zentimeter, ganz aus Rüschen, überm Schwarz des Rockes mit besonderem Schutz schützen zu wollen schien: in perfekter Puppenhaftigkeit. Oh, göttliches Püppchen! Oh! Elettra nannte ihn, mit viel Anmut, »Herr Hauptmann«: mit einem gewissen heiteren Ausdruck in der Stimme: ein Licht in den Augen, auf der Kehle: und entbot ihm mit besonderer Mildtätigkeit die Platte mit dem Flamerie: Spinatflamerie. Im Etui ihrer schwarzen Seide steckend, behütet von einem minimalen Schürzchen, einer Briefmarke überm Geschlecht, mit zarten Spitzengirlanden, reichte ihm Elettra, »die Venus von Tivoli«, aufgefordert von der Signorina Eleonora, die Platte für eine zweite Portion *Flan*. »Elettra! ...« »Sie wünschen, Signorina? ...« »Vielleicht möchte der Hauptmann ... vielleicht noch Spinat ...« Oh! konnte der Ex-Hauptmann auf eine weitere »Portion« hoffen? Von Elettra? ... Eine zweite »Portion« Spinat. *Par exemple!*
Fürchterliche Konkurrenzen hielten die tiburtinische Schönheit, hielten ihre tiburtinische Zurückhaltung in ihren Zangen: ihren hohen Glanz im Zentrum einer Corona von Blicken oder begehrlichen Träumen: die Belagerung, ein Hund, der nicht losläßt, unerbittlich. Das Treppenhaus, der Eingang, der Bürgersteig, der Bürgersteig von drüben auf der anderen Seite und die Treppenabsätze auf der Lieferantentreppe, die Höfe, die beiden Hinterhof-Latrinchen ... abseits von der Welt ... Ein Mann, ein Jüngling, der wartet, ein Onkel, mein Onkel, mein Vetter, der Bruder von meinem Schwager, einer von Tivoli ... Ein vom Kalender nicht vorgesehener Schatten, ein unvermutetes Schreckbild, drin im Aufzug. Zur Stunde, welche die weißen Altertümer zu entfärben pflegt, hinauf über die Gipsbüstentreppe, den helmbewehrten Riesenschädel des Quirinus, aus Gips ... und die Teppiche und den Plunder der Eingangshalle oben.

Und in den vollen und lodernden Stunden, ob am Morgen oder am Tage. Schreckgespenster der Treppenhäuser... alle in Hosen jedoch... In Erwartung eines Lächelns, eines Blickes als lieblichem Herold der Hoffnung, eines kurzen Zwiegesprächs, einer künftigen Zusammenkunft... Die Direktion war höchst alarmiert... Anonyme Briefe: flinke Zungen, jener, die Vornamen und Nachnamen hatten. »Gestern... heute früh... vorgestern... heut Nacht... war das Portal nur angelehnt ... um zwei ... wie er rauskam... ein Mann... so ein Schschrreck! Der Aufzug kam einfach nicht runter... Dann hat man's ja kkkappiert...« Große Salamander in den Entrées, tagsüber, scheinbar auf dem Weg zur Kasse der Feuerversicherung im zweiten Stock oder zum Architekten Chiappa im Oberstock: oder zum Advokaten Valli. Quirinus, der schreckte wirklich keinen. Der Hauptmann Delacroix seufzte. Nein. Das waren keine Hauptmänner. Nicht einmal Leutnants waren es. Waren auch keine Bataillonsadjutanten, und wenn man sie auch nur ein wenig ins Auge faßte, gaben sie sogleich ihren Rang zu erkennen, vor allem den wichtigsten, nämlich daß sie nicht lesen konnten. Und auch nicht schreiben. Aber um bei der Bataille mitzuhelfen!... Oh! was das anbetraf! Waren sie... mußten sie doch... Durchaus...

Der Hauptmann tat im Innersten seines Herzens einen der tiefsten seiner metaphysischen Seufzer. Überschritt, hinter den beiden Damen, den künstlichen Vorbau, der ins *boudoir* führte.

Tock, tock, tock, »Herein!« Herein trat, von Angela, nur das Näschen. »Die Signorina Bargon wird am Telephon verlangt!« »Wer wünscht mich?« »Wer Sie wünscht?« Darauf zeigte sie ihr ganzes gelangweiltes Gesicht mit den untermalten Augen, die herumkreisten auf der Suche nach der Bargon: dann erschienen, weich, in der Hülle von schwarzer Seide, die beiden Busen, jeder für sich: eine Angela ohne »Vermicelli« war das, ein zarter, gekünstelter Engel: »Der Signor... Enrico...

hat er gesagt: Enricooo ... den Nachnamen hab ich nicht verstehen können ... war so ähnlich wie Curando, Morando, weiß nicht ...« »Bitte um Entschuldigung«, sagte die Bargon und lief weg: indem sie unterm Eingang betont ironisch den Kopf einzog: sie floh, floh, nicht ohne einen quasi transozeanischen Geruch hinter sich zu lassen, nämlich den Eindruck, daß sie nicht so bald zurückkehren würde. Das *boudoir*, das kannte sie: ... das gebrannte Wasser ... Die schwarzbeschäfteten Kammermädchen behaupteten, daß in einem »Schränkchen«, in einem verschlossenen »Kommödchen«, dort in ihrem Zimmer, sie »alle Medizintränkchen, die man braucht, ... um die arme Seele zu retten ... auf Vorrat halte.« »Wenn's Geld da ist«, fügte Vinicio, im Schurz, mit dem Staubwedel in der Hand, gewichtig hinzu, »dann kann man auch leicht für seine Gesundheit was tun ...« Signorina Eleonora hatte auf dem eigentlichen *boudoir* ein hellblaues Kuvert bemerkt: nachdem sie die Brille aufgesetzt hatte, um es zu lesen, hatte sie es sogleich beiseitegeworfen, hatte die Brille abgenommen: in diesem Augenblick drehte sie dem Hauptmann den Rücken zu. Das Zimmerchen war hübsch, war abgedichtet, reich ausgestattet mit schönen Teppichen und Stoffen, ohne Muttergottesstatuen: Lärm und Geschrei von der Straße klopften hier nicht einmal an: ein Diwanbett von beträchtlicher Geräumigkeit, das, beim bloßen Anblick, die Vorstellung vermittelte, recht mollig zu sein. Als Diwanbett genommen, wäre es auch einladend gewesen. Die Signorina Eleonora wandte sich um, indem sie sich mit beiden Händen auf den Sims des Möbelchens stützte, Kopf und Hals demnach leicht zwischen den Schultern eingezogen. »Sehen Sie«, sagte sie, »gefällt Ihnen mein *boudoir ...?* Wollen Sie sich nicht setzen? ... Nehmen Sie Platz ...«: und schien dem Gast die süße Angriffsfront zweier künstlich hochgewölbter Brüste zu entbieten. Laquelle? ... Opotherapie oder Pneumatik? ... Dem Hauptmann schwebte, bildlich, eine Fahrradpumpe vor. Anmut, Freundlichkeit, Geist, das alles war in ihr: sie sprach sehr gut in mehreren Sprachen, prachtvolles Französisch. Sie hatte im Ausland gelebt, schon als Kind, jahrelang. Sie las Colette, Gide, Proust, Mauriac: man konnte sich mit ihr über alles unterhalten, brauchte keine rücksichtsvollen Umschreibungen zu verwenden, falls nicht andre nette oder minderjährige Leute anwesend waren. Mit ihr konnte man über den Duce, über den König, den Papst, über Oscar Wilde, den General Caneva und über die Nase der Herzoginmutter von Aosta oder über die sexuellen Ideosynkrasien des Erstbesten reden, ohne auch nur auf einen zensurierenden Blick oder auf ein geheucheltes Wort der Entrüstung zu treffen; das genaue Gegenteil jenes italienischen Universitätsprofessors, der, als er in seiner Kanzlei an der Farnesina den Namen Freud vernahm, über seine Brille äugte und, den gefährlichen Gast sich selbst überlassend, seufzte: »Na, wollen wir lieber von was anderem reden!« Das zerdepperte Fahrzeug hatte grad eben zu voller Fahrt angesetzt, wie ein Auto, das ohne Bremsen vom Stilfser Joch hinunterschießt oder vom Mandriolo in die Tiefe: na, mit ihr, mit der Signorina Eleonora, konnte man sagen: »mir scheint, mit uns geht's zum Teufel«, ohne Furcht und ohne Gefahr, ihre »Vaterlandsliebe« zu verletzen oder irgendeinen anderen Sparren, der dieselbige ersetzt. Die Gesprächsstoffe Mauriac-proust-gide-freudianischer Art waren im übrigen, unter freundlichstem Lächeln, auf der tagtäglichen Tagesordnung: da ja die »schlimmen Zeitläufte« geistreiche Frauen nicht dran hindern können, gewisse hübsche Männer, die besser dran sind als sie, zu beneiden. Sie verlieh französische Herrenlektüre an alleinstehende Damen: und Romane über alleinstehende Damen an die dazugehörigen Männer. Was für Zeiten! Was für Zeiten! Karierte Jacken, salz- und pfefferfarbene, eine rote Künstlerkrawatte unterm feldgrauen, gestiefelten Regime, warmer Flanell, schöne, rasierte oder bartlose Gesichter hatten die alte weibliche nachviktorianische Kundschaft ersetzt, die bei Tisch in schwarzer Seide oder Dunkelblau erschienen war: jene der angejahrten Frauen und Fräuleins mit hochgeschlossener Bluse samt Krägelchen, völlig schweigsam während der »Mahlzeiten«, höchst wohlerzogen auf den Korridoren: »Oh, I'm sorry!« beim leichtesten *frôlement* der Ellenbogen bei den Begegnungen. Mit einem Blick heischten sie, bitte sehr, ein Brötchen, beim Abräumen des Tellers sagten sie »Thank you«. Nach ihrer Heimsuchung blieben die Toiletten makellos. Spiegelblanke Majolika. Heute ... Pfui Teufel! ...

Bei all diesem ... dieses Diwanbett ... Der Hauptmann zögerte ... Mein Gott! ... Sich hinzusetzen wäre gleichbedeutend gewesen mit Versinken. Er hielt sich stehend aufrecht, stocksteif, wie einst in jenen verlorenen Jahren, wenn er »zum Rapport« beim Bataillonskommandanten mußte: damals ergossen sich von den Bergen, aus den Wäldern dumpfe Donnerschläge zu wütender Katharsis. Die Signorina Eleonora hatte indes ihren liebenswürdigen Trunk bereitgestellt. Sie entbot ihm das Ballonglas. Dann erhob sie das ihrige und sagte: »Prost!« Sie nippte. »Auf daß Italien von der Knechtschaft der französischen Weine befreit werde! ... der französischen Liköre! ...«, trällerte sie, indem sie die Brauen glättete und, in einem Lächeln, die dreieckigen Zähne entblößte. Sie hatte ein »patriotisches« Schlagwort aus dem Repertoire der Piva wiederholt, der Tochter eines großen »Weinproduzenten«, der jedenfalls bei einem Anfall befreierischer Idiotie draufgezahlt hatte. Der Hauptmann, aufrecht stehend, lächelte gutmütig, äußerte seinerseits Lob über den geschluckten Likör. Er spürte, daß das gebrannte Wasser ihm die Magensäfte anregte, während diese vor Furcht, sich setzen zu müssen, ins Stocken gerieten. In Wirklichkeit war ihm alles egal. Alles rollte, selbst ein Kind konnte das sehen, auf den Weltuntergang zu. Ein bißchen Alkohol, na, dann ... dann würde der Arsch des Teufels eben schöner glänzen. »Aber setzen Sie sich doch, Herr Hauptmann, nehmen Sie doch endlich Platz! ...« Alles, alles angefangen vom Vertrag von Mailand: ja, ja, seiner Stadt, der Stadt der Fünf Tage ... die hatten sie extra ausgesucht ... für die Unterzeichnung des Vertrags. Der Schwiegersohn hatte ihn unterzeichnet, im Namen des Schwiegervaters, also der aus Livorno im Auftrag des anderen, dem aus der Romagna! ... Was für Psychologen, was für Ökonomen, was für Berechner der Zeit, was für Staatsmänner! ... wie gut sie ihre Leute kannten: »Hierher!«. »Ich sagte Ihnen, setzen Sie sich ...«, und sie wies auf die Damastdecke, die Signorina: »Nur zu! ... Sie möchten sich gern bitten lassen, Sie möchten, daß man Ihnen schöntut ... Seien Sie ehrlich ... Strecken Sie sich doch aus, los, legen Sie sich nur lang: strecken Sie die Beine aus, Ihre baumlangen Beine ... nach dem Essen, das tut dem Bäuchlein gut ... Setzen Sie sich, lassen Sie sich gehen, flegeln Sie sich hin wie Sie mögen, ganz bequem ... Warum denn immer so steif, warum immer so hart und so streng? ... als wären Sie ganz verklemmt vor den Frauen ...« Sie glättete die Brauen, hob das Gesicht, murmelte: »vor ›uns‹ Frauen ...«, als entböte sie das Gesicht zum Kuß. Der fette Schwiegersohn, so weich und blöd wie die stinkige Fadheit, die ihn gezeugt hatte ... »Vergessen Sie doch einen Moment lang Ihre Ernsthaftigkeit, Ihre alte Disziplin von Piemont, von Mailand ... Wir sind doch hier nicht im Aostatal ...«

»Im Isonzotal«, berichtigte der heimgekehrte Ex: er schaute auf den Grund des Ballonglases, dessen Stiel er wie eine vergängliche Blüte zwischen Daumen und Zeigefinger schwenkte. Die Signorina achtete dessen nicht und sagte: » ... Hier können wir ›folâtre‹ ... wie Schulkinder ... qui ont fait l'école buissonnière ... Gucken Sie! ... Fühlen Sie mal, wie weich er ist, wie gemütlich, mein Diwan! Er hat eine ganz besondere Art von ... Zärtlichkeit ... wie soll ich sagen ... er schmiegt sich so an ... ans Popochen der Gäste! ... Ich setz mich dazu, sehen Sie, damit Sie sich trauen ... als gutes Beispiel ...« Und sie sank ohne viel Aufhebens in dieses Schweinebett mit seinem ganzen Gequietsche von lauter Spiralfedern, die sogleich »cri, hi, cri, hi, hi, cri, cri« machten unter ihrem niedlichen Hintern, der sich mit einer gewissen verhaltenen Eleganz drin im goldgelben Graben des Damastes abzeichnete: welcher, das war offensichtlich, eine darunterbefindliche Matratze überdeckte. Ein Füßchen, das linke, beschuht mit einem eleganten braunen Mordorée-Lederschühlein, ruhte auf dem Boden: oder doch beinah: das andere, mit dem anderen Schühlein, auf halber Höhe in der Luft. Da die Person sich halbliegend darstellte, auf einem Ellenbogen ruhend, schien diese Ungleichheit logisch... Dennoch... Der Hauptmann hatte seit einiger Zeit erahnt, daß die beiden Beine der Signorina Eleonora nicht das gleiche Längenmaß... zumindest nicht auf den Milimeter genau, ergeben mußten... Vielleicht mit der Maurerelle gemessen... Ein weiser Mut und der weibliche Wille, von Gott Stück um Stück wenigstens eine Trumpfkarte für das irdische Glücksspiel wieder abzuluchsen, machten diese Beine für den Augenblick gleich lang... sofern man sie nie auch nur versehentlich musterte: also scheinbar gleich, oh ja, gleich lang. Um niemandem die prächtige Schundarbeit ihres Herstellers zu offenbaren, hielt sie sich, beim Stehen, zumeist nur auf einem Bein, also dem längeren, und zwar leicht knieweich, und mit dem anderen auf Zehenspitzen, ohne den Absatz aufzusetzen. Da es sich nur um ein paar Zentimeter handelte, gelang es ihr gut...

Die Statik des Storchs, kombiniert mit der des Hufes beim müden Gaul: wenn er nämlich das vierte Bein einzieht, das hintere, und nur ganz, ganz leicht mit der Spitze des Hufeisenbogens den Boden berührt: als wolle er zum Boden sagen: »Das Hufeisen trägst jetzt du!« Und jetzt, die Ärmste... das hochelegante Kleid aus brauner Seide, im Farbton wie die Schuhe, die Strümpfe, verlieh ihr in diesem Moment eine leichte und perfekte Kostbarkeit... und überdies eine fröhlich belustigte. Der Hauptmann fand sie heroisch: da wir doch immer dazu neigen, dem *velle*, dem Wollen das »Heroische« zuzuschreiben... was im übrigen, wie das Wort sagt, nicht vom Wollen herrührt, sondern von »heros« ...Er setzte sich mit extremer Vorsicht auf den äußersten Rand des Diwanbettes, in der Hoffnung, den Rand etwas widerstandsfähiger zu finden, ein wenig härter als

die Mitte: aber was denn! ... er war nachgiebig wie alles übrige. Obgleich sie diesmal mit Behutsamkeit gefordert wurden, knirschten die Federn dumpf auf: »cra, cro, cro, cro, he, he, cro, cro, ha, ha!« Sodaß er sich schließlich in der Positur eines Kleinkindes auf dem Hockerchen befand, die Knie im Mund: den Bauch zusammengepreßt. Das Verb *folâtre* surrte ihm abscheulich im Kopf herum, wie ein Brummer unterm umgestülpten Glas: aus dem gerade erst die anmaßende Leibesfülle des Außenministers und Schwiegersohnes entwichen war, des Unterzeichners des Vertrags von Mailand mit dem *Röben-tropp** ... »Heilige Muttergottes!« dachte er im Dialekt, wenn auch, zugegeben, nicht sehr korrekt: »Was tu ich jetzt?«
Die Signorina Eleonora schaute ihn mit einem langen, endlosen Blick an: eine Aufforderung? ... Ermunterung? ... dauerte länger als ein sommerlicher Sonnenuntergang in Edinburgh: als wolle sie den noch verbliebenen Angriffselan des heimgekehrten Alpinikämpfers abschätzen, ausmessen, die immergrüne Möglichkeit des Zuschnappens: mit dem ersterbenden Blick der behexten Hexenmeisterin. Man sagte ihm nach, er sei ein Frondeur, der Schwiegersohn, und ein Diplomat, einer von den ganz abgefeimten: ein Mann, der früher freisinnige Ideen hegte, entschlossene, überzeugte, offen gegenüber dem leuchtenden Morgen der jungen Triebe: die Sachverständigen fügten hinzu: »Engländerfreund!«, flüsternd, auf der Hut, das Siegel der Verschwiegenheit beschwörend, fast des Staatsgeheimnisses, bezüglich einiger höchst geheimer verächtlicher Gesichtsausdrücke, Verziehen der Lippen, das man als stumme »stahlharte Entschlossenheit« deutete (sowohl beim Schwiegervater wie beim Schwiegersohn). Als Engländerfreund hatte er, in der Tat, den englischen Botschafter in den Palazzo beschieden ... um ihm das zu überreichen ... genau das, wonach es den englischen Botschafter mehr als alles verlangte, besonders jetzt, und zwar mit dem ganzen Eifer seiner neununddreißig Dienstjahre: eine formelle Kriegserklärung ... an England. Welch eine stahlharte Ent-

schlossenheit! Zwischen Schwiegersohn und Schwiegervater war es nicht leicht zu sagen, welcher Stahl einem lieber war. Der Schwiegervater weigerte sich, nachdem von Mackensen und von Bülow ihn dazu verpflichtet hatten, dem in extremis angereisten Sonderbotschafter Seiner Königlichen Majestät von Großbritannien eine Audienz zu gewähren: einem gewissen Anthony Eden: und die Weigerung hatte er begleitet mit jener so kühn plebeischen und so gesundheitsfördernden, eselhaften und maiengrünen Geste, jener so männlichen, neuen und von einer anderen Seite her so glücklich die tausendjährige Durchtriebenheit und die unerschöpfte Kraft der jungen, vielmehr der neugeborenen, aber mit mehrtausendjähriger Kultur und Noblesse begabten Völker ausdrükkenden Geste, die Aretino um die Mitte des Jahrtausends nannte: »das Arschärmchen zeigen«. Welchselbige Geste so vor sich geht: indem man mit kraftvollem Impetus die geschlossenen fünf Finger der linken Hand auf den rechten Arm etwas oberhalb des Ellenbogens legt und sodann eselhaft und mehrmals den zugehörigen Unterarm in Richtung auf den idealen Bestimmungsort des Abgesandten Seiner Majestät hochschnellen läßt. Ein sieghaftes, stillschweigendes Eselsgeröhr, das dem Gesicht des Absenders eine triumphierende Farbe verleiht, aber vom Empfänger weder gesehen noch wahrgenommen wird. Von Bülow und von Mackensen hatten, als sie davon erfuhren, Grund gefunden, eine riesige Lache anzuschlagen; nachdem sie sich ausgiebig hatten erklären lassen, was das denn zu bedeuten habe, hatten sie ausgerufen »Der ist ein Mann!«* und wollten dem Adolf ein Modellbildchen davon schenken: aber dem ... na, dem stieg ... der Unterarm nur recht wenig. Wie eine Odaliske mit Schuhen, in Braun gewandet, überließ sich das liebe Geschöpf den mehr als orientalischen Pfühlen des Diwans: die beiden Busen hochgeschwollen, aufgerichtet, waren wie zwei hartnäckige Schwimmblasen bereit zum Schwimmunterricht.

* Milanesisches Sprachspiel (i rubantroppe = die viel rauben), das auf Ribbentrop, Hitlers Unterhändler, anspielt.

Aber der Hauptmann klammerte sich, mit dem verzweifelten Blick des Schiffbrüchigen, an seinen wahren Rettungsring, den einzigen: der befand sich auf dem eigentlichen *boudoir*: die Nachttischuhr: »Drei Uhr!«, sagte er, »Um Gotteswillen! ... wie die Zeit verfliegt, hier! ... *hélas!* ... Ausgerechnet heute ... der Rechnungsrat Papotti ... eine Verabredung ...« Der Rechnungsrat Papotti war jener, der das Geld aushändigte: nicht grad viel. Er erwartete ihn tatsächlich. »Leider, leider ... Ich muß ihn unbedingt sprechen ...« Und er versuchte, aus den Fluten des Bettdiwans aufzutauchen. Er ruderte und ruderte mit den Armen, mit Händen und mit Ellenbogen, um die nötige Autonomie zu erlangen, um den Schwung zu kriegen: oder wie um die Leine zu fassen zu bekommen, die ihm von Bord des Schoners »La Misericordia« zur Rettung zugeworfen wurde.

»Der Rechnungsrat ... Ich verstehe! ...«, sagte sie, mit einer Stimme, die den Hauptmann erschaudern ließ. Die eingeatmete Luft zischte zwischen den Zähnen, den Dreieckszähnen. Sie verzog keine Wimper, drehte nicht den Hals, versteinert in ihrer Hingestrecktheit: die augenblicklich zu der einer Schwerkranken wurde, die sich kaum vom Kopfpolster mit dem Ellenbogen aufzustützen vermag. » ... Der Rechnungsrat! ...«, zischte sie nochmals: *»Je comprends* ... gehen Sie, gehen Sie! ... Die Pflicht geht vor! ...« Dem Hauptmann lief's wie von einem elektrischen Schlag durchs Rückenmark. »Gehen Sie! ... Ich möchte nicht riskieren, Sie aufzuhalten ... möchte nicht«, und sie glättete die Brauen, »Sie aufhalten! ... Es täte mir furchtbar leid, wenn Sie die Verabredung versäumten ... mit ... einem Herrn ...«, sie kicherte ..., » ... wie dem Rechnungsrat ...« (Sie kannte ihn ebenfalls). *»Rater le rendez-vous ... et avec un pareil mignon ... Ah! ... jamais!* ... Nein, nein, auf keinen Fall ...« sagte dann mit Flötenstimme: »Zu einem so zarten Zwiegespräch ...« Der Hauptmann stand wie ein ertappter Schuljunge. »Gehen Sie, gehen Sie! ... mich geht das nichts an! ... Ich? ... soll ich vielleicht schuld sein daran, daß man ein trauliches Stelldichein versäumt? ... und mit einem Typ ... der so interessant ist! ...« (Sie hatte eines Tages Gelegenheit gehabt, die Signorina Eleonora, mit ihren drei Sprachen den armen, mit Geschäften und Anrufen überlasteten Herrn an den Rand des Komas zu bringen: für den jedes neue französische Verb wie ein Dolch im Rücken war). »Gehen Sie nur, gehen Sie ... warum rühren Sie sich nicht? ... wo doch Ihr Papotti wartet? ... Los! Lassen Sie ihn doch nicht so grausam schmachten, den armen Papotti! ...«

Der Hauptmann, in seiner ganzen Statur wie versteinert, hochaufgerichtet, sah sie blöde an und stotterte: »Verzeihen Sie ... Verstehen Sie bitte ... Ich bedanke mich für den Trunk ...«. Errötete leicht, verbeugte sich, wandte sich zum Ausgang und versuchte zu öffnen (hantierte am Türknopf), es gelang ihm nicht. Das höchst italienische Produkt drehte sich leer, kriegte keinen Zahn zu fassen. Der Hauptmann versuchte es nochmals, zog ein wenig unwirsch an der kunstvollen Vorrichtung, um seine Entschlossenheit zu zeigen: auch um seinen Ärger auszulassen. Es war nichts zu machen. Die Signorina erhob sich, ihm zu Hilfe zu eilen, ärgerlich, maß ihrerseits die Kräfte an dieser verborgenen Perfektion ihres *boudoirs*. Wie auch immer! Sie saßen in der Falle.

So mußte man vom Fenster aus nach der Angelica rufen. »Angelica!«, »Angelica!«, tönte ein hohes Zwitschern. »Angelica!«, blökte gleich darauf eine Männerstimme. Das Fenster ging auf einen Hinterhof, der tiefer war als ein Brunnenschacht. Angelica antwortete nicht. Es antwortete, von der angelehnten Klappe eines Aborts her, Vinicio. Ohne sich zu zeigen, allerdings. »Was ist los, Signorina Eleonora?« Sie erklärten's ihm. »Ho, hoho! ... arme Signorina, ich verstehe, komme gleich ... Nur einen Moment Geduld, Signorina ... ich möchte den Hochwürden Giuseppe nicht aus Versehen beim Rauskommen zerquetschen ...« (Hochwürden Giuseppe war Nataniele) »Ja, ja, ich hör Sie schon, Signorina, Sprechen Sie nur ...« Aber er zeigte nicht mal seine Nase. »Ich sag nur, daß ich's schon hundertmal gesagt hab!

... daß die Feder nicht funktioniert ... Aber ihr seid alle Dickköpfe, da müßte man ... da müßte ... ich weiß schon, was man da müßte ... Jetzt sitzen wir hier drin eingesperrt ... in meinem *boudoir*, und können nicht mehr raus: ja, ja, ich und der Herr Hauptmann ... Aber der Herr Hauptmann muß weg, weil er eine Verabredung hat, um drei Uhr ... und ... er hat auch gar keine Lust, mit mir zu knutschen! ... Ich auch nicht mit ihm! ...« Ein verständnisinniges Gelächter, vom Abort her, während die Wasserfälle von Trevi sich über ihren Raub ergossen: »Ha, ha, ha ... Verstehe, verstehe ... jetzt komm ich gleich, Signorina ... ja, ja, nur mit der Ruhe ... jetzt komm ich, mit dem Werkzeug ...« Und er kam tatsächlich, nach geraumer Weile hörte man ihn draußen über die Teppiche heranpantoffeln. Er hatte wohl den Werkzeugkasten dabei, denn auch den hörte man vom Korridor her, und wie er dann »cri, cri!« machte, hämmerte, etwas zerschlug, krach! irgendein Stück von irgendwas, wie er brummelte und mit dem Eisen in die laszivsten Teile des Schlosses bohrte: und dann schließlich erschien – lächelnd, rund und rundrum glänzend und zwei Schweißperlen auf der Stirn, im blauen, weißgestreiften Dienstkittel. Er befreite die Signorina: und den Signore.

Es folgte sodann in der Pension, die ehedem »Walpole« hieß, dann aber – mit dem Einsetzen des großen autarkisch-anti-angelsächsischen Passatwinds – Pension »Maghelli-Pelucca«, eine Krise, vierzehn Mahlzeiten lang: beim feierlichen Zeremoniell stummer Zeichen der Begrüßung, von Kopfneigen und Blicken, Halblächeln, Gutentag, Gutenappetit und Dankegleichfalls, mit denen die Speisesaalliturgie in den Pensionen erster Kategorie an allen Tischen freigebig umgeht, selbst wenn unter den Tischgästen mehr Blödiane als Normale sitzen. Die Dupont war verschwunden. Zu Zeiten des unsäglich schönen Valentino hätte man einen Verdacht hegen können, oder Schlimmeres: hätte vielleicht nach einer Leiche mit einer Schnur um den Hals unter den Brücken der

Lungara forschen müssen, bei den Flußfischern, oder an der Ripa Grande: hätte ihnen ein gutes Trinkgeld versprechen müssen, falls die Dame aufgefischt (und zurückerstattet) würde. Man munkelte von einer Genugtuung, welche man der Piva schuldete (und die sie so sehr verdiente): ihrem »wirklich beispielhaften« Patriotismus. In Wirklichkeit hatte sich die arme, gefiederte Dame von einem Tag auf den andern so gerupft vorgefunden, daß sie die »Nota«, also die Rechnung, nicht mehr zu begleichen vermochte: die in der ehem. Walpole-Pension, nunmehr Pension Palucca, den Gästen am Samstag-Morgen auf dem vernickelten Tablett des Milchkaffees in elegantem lila-blauem Kuvert mit Name, Zuname und Titel des Empfängers präsentiert wurde: und drin alle Steuermarken und alle draufgeschlagenen Prozente, ohne auch nur eines auszulassen. Jawohl. Und sie war auch nicht in der Lage gewesen, die arme Signorina ... nicht mal andeutungsweise zu sagen ... wann sie ... eventuell ... hätte verfügen können ... um eine Anzahlung ... sodaß sie ... nun, man begreift's, mit der üblichen Höflichkeit gebeten worden war, sich um eine andere Bleibe zu bemühen, welchselbe, natürlich, das war klar, eine ebensolche Veränderung des Happi-Happi ... mit sich bringen würde, und das war eben das Schlimme. Ausziehen, nach angstvollen Telephongesprächen – *tiens, tiens, tenez,* ah! *par exemple* – hatte man den Auszug noch am gleichen Samstagvormittag zelebriert – mit der kostenlosen Assistenz des Vinicio und seines Kittels, der momentelang der Schutzmantel der Barmherzigkeit Gottes zu sein schien. Von ihrem armseligen Plunder waren die Koffer geschwollen, aber eine Menge überschüssigen Kram kriegte man gar nicht mehr hinein: Koffer, Pakete und rumfliegendes Zeug mit Kordeln und Borten und vielfarbenen Bändern, mit Halstüchern fürs Halsweh stürzten in der stillen Mittagsstunde hinunter übers Treppenhaus (weil sich, wo doch die Verschnürung so schlecht war, ein Paket auflöste): wie der Müll, den ein unerbittlicher Besen zum Abgrund kehren möchte. Von den Gästen der ehemali-

gen Pension Walpole bemerkte nicht einer diesen Erdrutsch von Preziosen, von Kämmchen und Quasten, die auf den würdelosen Gehsteig befördert wurden. Quirinus, das Anstandssymbol, zuckte mit keiner Wimper. Quirinus ist, im Palazzo Magnoni, das Gipsbild der Ewigkeit.
Die Signora Piva hatte, beim Frühstück, einen anderen Tisch: sie saß am anderen Ende des Speisesaals: schwarz und glänzend die Augen, die Haare, die Wimpern, die Brauen: über schneeweißer Haut. Winzig, und alles Volumens bar, mit jener Spalte zwischen dem Korall der eben frischbemalten Lippen, die ihr die ganze untere Hälfte des Gesichts von der oberen trennte, wogte ihr Kopf von fern nur knapp über dem Suppenteller. Mit römischem Gleichmut wartete sie darauf, daß ihr Gatte aus dem Arrest entlassen werde (was man erst später erfuhr): »den Ernst der Stunde im Bewußtsein«, grüßte sie mit fernen Zeichen des Hauptes und der glänzenden, großen Augen den ferndienenden Delacroix: dem sie nach wie vor, in der Vorstellung, ihn als Ex-Hauptmann wissend, einen in der Größenordnung dem ihrigen ähnlichen »Patriotismus« zuschrieb.
Endlich war der Arrest des Oberstleutnants abgelaufen: und der Oberst Piva erschien, in Person, groß, mager, ernst, höchst wohlerzogen und artig – ein Herr – mit hochglänzigen, sporenlosen Stiefeln, mit einem in Tomatentunke eingeweckten Bauchwehgesicht seinerseits im Speisesaal, im Gefolge des gebieterischen Schreitens der nicht hochgewachsenen Gattin. Der Hauptmann, bereits beim Obstschälen, unterließ es nicht, sich zu erheben und den ganzen langen Saal zu durchqueren. Nach einer Verbeugung zu ihr hin und einem freundschaftlichen Händedruck für ihn, der sich ein Stückchen vom Stuhl lüftete, oh, nur eine halbe Handbreit hoch, setzte er sich, der Einladung folgend, an ihr Tischchen. Er erbat und erhielt Nachricht, nach den üblichen Präambeln – »höchst geheime Informationen, das brauch ich dir ja kaum zu sagen« –, über die … kurz bevorstehende … Eroberung … von … Athen. Der bezeichnendste Zug des

Blitzkrieges bestand darin, bevorstehende oder sogar bereits erfolgte Eroberungen als »blitzartige Entschlüsse« des großen, immer zeitgerechten Obersten Büffelkäse-Marschalls auszugeben ... Dann beklagte der Oberst die mangelnde Rücksichtnahme »einiger Tischgenossen« gegenüber den »ziemlich angespannten« Gefühlen der Gattin: er beklagte sich über das Verhalten und die Redeweise »gewisser Personen«, die, zumindest als Gäste, mehr Taktgefühl hätten aufbringen können, so bemerkte er – und hob ein herrenhaftes, melancholisches, rotes Gesicht und eine etwas birnenförmige Nase über die Tasse Ersatzkaffee – »soviel guten Geschmack, um ein ganz anderes Verhalten und ganz andere Redeweisen« an den Tag zu legen, in dieser Stunde, »die so ereignisschwer ... und wenn auch nur ... aus Rücksichtnahme auf eine Dame«. Und er verstummte. Hauptmann Delacroix äußerte keine Zweifel am Ernst der Stunde, die drauf und dran war, mit Bombenhagel niederzukommen: er schloß sich, mit tiefernster Miene, den der Signora Piva geschuldeten Rücksichtnahmen an: sagte aber weder Pipp noch Papp.

Bis schließlich auch die Pivas verschwanden, Mann und Frau. »Hélas! tout passe, tout lasse, tout casse! ...«, ließ Signorina Eleonora sich nicht nehmen zu klagen, wandte sich dabei aber ausschließlich an die Bargon. Die Pivas verschwanden: jawohl. Offizielle Version, durch den von der Verwaltung autorisierten Nachrichtendienst am Tisch ausgesendet: die »allzu weite Entfernung« der Pension Palucca vom Kriegsministerium, also zwischen Via Arenula und Via Venti Settembre. Das Motiv, das man als wahrscheinlich durchblicken ließ: das Wehen eines gewissen Windes der Fronde, am Tisch, an gewissen Tischen: (dann Bitten *ad personam*, auf dem Korridor geflüstert, man möchte sich doch, *please*, »der Politik enthalten« ... »einer Sache, die doch so wenig *chic* sei! ... und so sinnlos außerdem, wo doch jemand dafür sorge: der für alle sorge« ...: *»Mademoiselle ne manquait pas de mordant«*). Das wirkliche Motiv: die lila-blauen Briefchen auf dem Tablett des Samstag-Milchkaffees,

die wöchentliche Erhöhung der »Gewerkschaftsbeiträge« und der »Kategorie-Prozente«, die vielfarbene Blüte der Steuermarken und Steuerzuschlagsmarken, die sich in blühender, fortschreitender Weiterentwicklung befanden. Dieses Motiv wurde von der Propaganda nicht mitgeteilt, aber von der »kameradschaftlichen Solidarität« der Bett- und Tischgemeinschaft der Pension, ehem. Walpole, erahnt. Außerdem: die Zuschlagssteuern wurden ans Vaterland abgeführt, welches sehr begierig auf sie ist: während seine geliebten Söhne, die Arbeiter des Hotel- und Gastgewerbes, sich auch in jenen Zeiten von den Prozenten auf den Rechnungen, sei's Hotel- oder Speisegewerbe, ernähren mußten. In der Pension Pelucca erfochten sie sich 15 Prozent, mehr nicht: *quinze pour cent.* Was die Postkarten der italienischen Post anlangt, so trugen sie damals, auf der Rückseite aufgedruckt, das prophetische Motto: »Wir werden siegen!«
Bei soviel loderndem Glauben (an den unfehlbaren Sieg) war es dem Hauptmann recht bang zumute: bei jeder »Mahlzeit«, wenn er den *dining-room* betrat, blinzelte er ... blinzelte schon bei der Eingangstür mit großer Besorgnis nach dem Gesicht der Signorina Eleonora, das nun nicht mehr aimable, sondern hart, sogar versteinert war: die nicht mehr auf seine schwache aber weiterhin respektvolle Verbeugung reagierte, noch auf das gleichzeitige Strecken seines Nackens, gefolgt von verehrungsvollem Blick beim Akt des Platznehmens und Segelhissens: also des Serviettenhissens über dem Gilet. Wobei indes die Griesnockerln eintrafen: andachtsvoll von der seidenverkleideten Angela dem Ex-Schüler des Mars mit dem ausgezeichneten Appetit dargeboten. Die Szene, im Profil gesehen, in Schwarzweiß, schien wie ein Bacchusopfer auf einer Vase oder einer Opferschale, oder so ähnlich, griechisch oder etruskisch. Die Signorina Eleonora »beharrte auf ihrem Verhalten«. Der Hauptmann fuhr unerschrocken fort, von Mahl zu Mahl, ihr seinen Gruß zu entbieten: sie, ihn zu mißachten: und gerade vor sich hinzublicken, den Kopf hochhaltend über den armen Schultern, wenn sie sich auf dem Korridor

begegneten. Eine zuerst unbestimmte, dann bestimmte, dann erregte Unruhe bemächtigte sich dieses Heimkehrers: heimgekehrt aus allen Pensionen und allen möblierten Zimmern des Universums, nach den vergessenen Schlachten.

Am Donnerstag, die Pivas waren schon einige Tage verschwunden, drehte ihm beim *lunch* Signorina Eleonora am Nebentisch sogar den Rücken zu. Er, saß an seinem ... allein! Bei ihr hingegen, in Schwarz, die Bargon: die mit einem Nicken den Gruß erwiderte, festgepuppt und ausladend, eingesessen auf ihrem Sitz, hochgetürmt in Leib und Antlitz, die Augen etwas quellend, fast halb aus dem Kopf gedreht, das Besteck in der Hand, Messer und Gabel, beides höchst herrschaftlich gehalten mittels der drei Hauptfinger, inklusive Mittelfinger: Ringfinger und kleiner Finger freispielend. In diesem Augenblicke schickte sie sich an, mit diesen Silbersachen, mit der Schneide, die eine der beiden entsilbert, einen delikaten Einschnitt zu vollführen, und zwar in die schleierdünne Seele des Roastbeef, welches kriegsmäßig, autark, lebensmittelkartenpflichtig und pensionpeluccahaft war, ganz abgesehen von dem *inferiority complex*, der auf seinen englischen Namen zurückzuführen war, angesichts der gegen das perfide Albion kriegführenden »jungen Völker«. Die Signorina Eleonora drehte ihm den Rücken zu: und dieser arme kleine Rücken schien kummervoll gehökert, gelähmt vor Niedergeschlagenheit: von Zeit zu Zeit aber richtete er sich unverhofft zuckend hoch wie vor Entrüstung oder aus Stolz: indem er, kein Zweifel, die vorderseitigen Ballönchen strotzen ließ, welche der Hauptmann auf die Bargon gerichtet vermutete, *who didn't care a rap about those*, da sie ja selbst bestens ausgerüstet war: und fleischlichen Betrachtungen sowieso gänzlich abgeneigt.

Elettra wurde nun nicht mehr aufgefordert, überlegte demütig der Hauptmann, ihm dunkelgrüne Spinate zum zweitenmal anzubieten, mit diesen kümmerlichen Fäden vom Kriegskäse, von der Servierplatte zum Teller ... nicht mehr! nur Angela näherte sich ihm verstoh-

len ... oder bildete er sich das ein? um ihm einen zweiten Schlag zu gestatten: mit der Miene einer heimlichen Wohltäterin.
Serafinas Bauch hingegen, der schon die längste Zeit auf dem besten Weg gewesen, war in jenen Tagen derart geworden, daß sie ab Montagmittag, den 28., vom Servieren bei Tisch dispensiert wurde, da sie sich nicht mehr zwischen den Tischchen durchzwängen konnte mit dem von der Seide oder gar dem Briefmarkenschürzchen nicht mehr verhohlenem Schwergewicht und mit der Beeinträchtigung durch jene Fußtritte, die sie von drin gegen die Bauchhöhle hageln spürte, gleich immer vier auf einmal. Einen Monat drauf brachte sie in der Tat am Viale Camicie Nere zwei Schreier auf die Welt, zwei kleine Ungeheuer ohne Hemd, einen hinter dem andern, jeder jedoch geziert mit dem Pfefferschötchen: zur großen Freude des Obersten Marschalls Italiens, der sogleich in ihnen zwei künftige Arbeitslose witterte, die man zum Wohle Italiens hinausschicken könnte zum Krepieren, einen nach Rußland und einen nach Libyen.
Nur Nataniele, sich in unverwirrbarem Gleichmut der Tatsachen bewußt (all dessen, was sich leerte; auch Kredenz und Brotkorb?), erschien jeden Tag, pünktlich um drei, stumm, zu seinem schwarzen Spaziergang entlang der Wände. Unbestimmte Halbschatten huschten in den Korridoren von ihm fort und drängten sich vor, ins Dunkel hinein, und es waren dies die düsteren Zeichen der Zeit und eines nichtendenden Dahingehens. Unterbrochen von kurzen Aufenthalten bei den Begegnungen (mit den Absätzen der allmächtigen Patrioten), gelangte der langsame Schritt des Philosophen bis an den alten Turm des Doms von Königsberg, jeden Tag, jeden Tag! bis an das alte Rokokogewerk, wo der Perpendikel der Uhr ohne Unterbrechung den Takt schlug und das ganze Gerät mitschwingen ließ, *tickette, tockette*, wie ein Tölpel, der nicht anders die Zeit totzuschlagen, nicht anders den Faden des Schmerzes abzuhaspeln weiß: von der dämlichen Haspel der Ewigkeit.

* Im Original deutsch (A. d. Ü.).

Editorische Notiz

Die Erzählungen sind dem 1963 bei Garzanti Editore, Milano, erschienenen Band *Accoppiamenti giudiziosi* entnommen.
Die Originaltitel der Erzählungen lauten (in Klammer ist, soweit bekannt, das jeweilige Entstehungsjahr vermerkt):
»Papa und Mama«: *Papà e mama* (1924)
»Wohlbedachte Paarungen«: *Accopiamenti giudiziosi*
»Vetter Frisör«: *Cugino Barbiere* (1928/29)
»Eine gute Ernährung«: *Una buona nutrizione* (1945)
»Nach dem Zapfenstreich«: *Dopo il silenzio* (1930)
»Schwiegervater/Schwiegersohn«: *Socer generque* (1947)

Über den Autor

CARLO EMILIO GADDA wurde 1893 in Mailand geboren, wo er seine Jugend verbrachte. Er ging als Freiwilliger in den Ersten Weltkrieg und kam an die Front. Sein Bruder Enrico fiel 1918. Vorliebe für die Mathematik, Studium der Ingenieurswissenschaften, Examen nach der Rückkehr aus dem Krieg. Danach viele Jahre Tätigkeit als Ingenieur, zuerst in Italien, dann in Argentinien, Frankreich, Deutschland und Belgien. Schon in dieser Zeit schriftstellerische Tätigkeit; Veröffentlichungen in Zeitungen und Zeitschriften (seine ersten Texte erschienen in der Zeitschrift ›Solaria‹). 1940 siedelte er nach Florenz über. Hier lebte er – unter großen ökonomischen Schwierigkeiten – bis 1950: zugleich eine Zeit großer schriftstellerischer Produktivität. 1950 zog Gadda nach Rom, wo er bis zu seinem Tod im Jahre 1973 lebte: in einer bescheidenen und ruhigen Wohnung in Monte Mario, 15 Kilometer vom Zentrum der Stadt entfernt. – Mit seinem Roman *Quer pasticciaccio brutto de via Merulana (Die schreckliche Bescherung in der Via Merulana)*, der 1957 erschien, wurde er international berühmt. 1963 erhielt er für seinen Roman *La cognizione del dolore (Die Erkenntnis des Schmerzes)* den ›Prix Formentor‹.

Bibliographie

La madonna dei filosofi. Florenz (Solaria), 1931
Il castello di Udine. Florenz (Solaria), 1943
Le Meraviglie d'Italia. Florenz (Parenti), 1939
Gli Anni. Florenz (Parenti), 1943
L'Adalgisa. Florenz (Le Monnier), 1944
Il primo libro delle favole. Venedig (Neri Pozza), 1952
Novelle dal ducato in fiamme. Florenz (Vallecchi), 1953
Giornale di guerra e prigionia. Florenz (Sansoni), 1955
I sogni de la folgore. Turin (Einaudi), 1955; der Band enthält *La Madonna dei filosofi, Il castello di Udine* und *L'Adalgisa.*
Quer pasticciaccio brutto de via Merulana. Mailand (Garzanti), 1957; deutsch: *Die schreckliche Bescherung in der Via Merulana.* Aus dem Italienischen von Toni Kienlechner. München (Piper), 1961
I viaggi la morte. Mailand (Garzanti), 1958
Verso la Certosa. Mailand und Neapel (Ricciardi), 1961
Accoppiamenti giudiziosi. Mailand (Garzanti), 1963; der Band enthält neben den *Novelle dal ducato in fiamme* zahlreiche zuvor unveröffentlichte Erzählungen.
La cognizione del dolore. Turin (Einaudi), 1962; deutsch: *Die Erkenntnis des Schmerzes.* Aus dem Italienischen von Toni Kienlechner. München (Piper), 1963
Le Meraviglie d'Italia (erweiterte Ausgabe). Turin (Einaudi), 1964; deutsch: *Die Wunder Italiens* (Auswahl). Aus dem Italienischen von Toni Kienlechner. Berlin (Wagenbach), 1984
I Luigi di Francia. Mailand (Garzanti), 1964; dt.: *Frankreichs Ludwige.* Übersetzt von Toni Kienlechner. München (Hanser), 1966
Giornale di guerra e prigionia. Turin (Einaudi), 1965; stark erweiterte Ausgabe
Erzählungen. Aus dem Italienischen von Heinz Riedt. Frankfurt am Main (Suhrkamp), 1965; der Band enthält Erzählungen aus *Il castello di Udine, Accoppiamenti giudiziosi, Verso la Certosa, L'Adalgisa* und *Le Meraviglie d'Italia.*
Eros e Priapo, da furore a cenere. Mailand (Garzanti), 1967
La cognizione del dolore. Turin (Einaudi), 1970; um zwei unveröffentlichte Kapitel erweiterte Ausgabe
La Meccanica. Mailand (Garzanti), 1970
Novella seconda. Mailand (Garzanti), 1971
Meditazione milanese. Turin (Einaudi), 1974
Le bizze del capitano in congedo e altri racconti. Mailand (Adelphi), 1981
Il tempo e le opere. Saggi, note e divagazioni. Mailand (Adelphi), 1982
Lettere a una gentile signora. Mailand (Adelphi), 1983
Il palazzo degli ori. Turin (Einaudi), 1983
Racconto italiano di ignoto del novecento. Turin (Einaudi), 1983
L'ingegner fantasia. Lettere a Ugo Betti 1919-1930. Mailand (Rizzoli), 1984
Cupido im Hause Brocchi. Aus dem Italienischen von Toni Kienlechner. Berlin (Wagenbach) 1987 (Aus: *Accoppiamenti giudiziosi*).

CARLO EMILIO GADDA

Die Wunder Italiens

»Eines der schönsten und ungewöhnlichsten Bücher über das Land jenseits der Alpen, ein meisterhaftes Beispiel italienischer Erzählkunst.
Ein literarischer Reiseführer, der von wenig bekannten italienischen Eigenheiten berichtet. Die Mirakel sind Fakten, die der Schriftsteller aus dem ›entsetzlichen Gewirr des Lebens‹ herausgegriffen hat, um der Wirklichkeit auf die Spur zu kommen.«

MICHAELA WUNDERLE, HESSISCHER RUNDFUNK

Aus dem Italienischen von Toni Kienlechner
Broschur. 144 Seiten. DM 19.80

Cupido im Hause Brocchi

Unerhörtes geschieht im Hause Brocchi, einer Mailänder Patrizierfamilie, im Jahre 1929. Gigi, ansehnlicher und überaus behüteter Sproß der Familie, bekommt, was er will, obwohl er zunächst gar nicht weiß, daß er es will: die Liebe in Gestalt eines Dienstmädchens, für die er die moralisierenden Unterweisungen lateinischer Klassiker, die Mahnungen von Tanten und die Bigotterien seiner Mutter in den Wind schlägt, die ihm allesamt nur den Blick auf das Ziel verstellen wollen.

»Dieses Prosastück Gaddas ist eine witzig-sprühende Kostbarkeit.«
WOLFRAM SCHÜTTE, FRANKFURTER RUNDSCHAU

Aus dem Italienischen von Toni Kienlechner
SALTO. Rotes Leinen. 96 Seiten. DM 19.80